罪な告白

愁堂れな

JN282197

幻冬舎ルチル文庫

CONTENTS ✦目次✦

罪な告白

✦カバーデザイン=小菅ひとみ(CoCo.Design)
✦ブックデザイン=まるか工房

イラスト・陵裕千景子✦
漫　画

罪な告白

プロローグ

受刑者への面会は、以前は家族に限られていた。法律が変わってよかった、と思いながら俺は、今会ってきたばかりの彼の顔を思い起こした。

顔色はこの間よりは、少しマシになっていたと思う。困ったことはないのかと問うと、少し考える素振りをしたあと「大丈夫」と微笑《ほほえ》んだ、あの笑みに嘘はなかったと思うのだがと、可憐《かれん》な彼の笑顔を思い起こす俺の唇から、我知らず溜《た》め息《いき》が漏《も》れる。

かわれるものなら今この瞬間でも、彼のかわりに塀の中に入りたい。面会を終えるたびに胸に満ちてくるその願いは、かなわないとわかっているだけにやるせなく、やりきれない思いに苛立《いらだ》ちすら覚えてしまう。

こんな年月があと何年続くのか――いや、考えるのはやめにしよう。何年でも待てると俺は彼に告げたのだから。

罪を償い、彼が自由を取り戻したそのときに、両手を広げ堂々と彼を迎えることができるよう、俺自身も変わらねばならない。

誰に恥じ入ることなく、彼と二人、世間に対し胸を張っていられるように。

すべてにおいて捨て鉢になっていた俺を、こうも前向きな男に変えたのは、たった今別れてきたばかりの彼の可憐な笑顔だ。

俺に心配かけまいとせいいっぱい微笑んでみせる健気《けなげ》な彼の笑顔が俺に、投げずに人生を歩むその気力を与えてくれた。

そう、誰に対しても——特に彼に対しては決して恥じることのない生き方を俺は目指す。

いつの日か可憐な笑顔をこの腕に迎え入れる、その日のために——。

1

「あ……っ……もうっ……もうっ……っ」

延々と続く高梨《たかなし》の突き上げにいよいよ耐えきれなくなったのか、田宮《たみや》が身体《からだ》を捩《よじ》りながら悲鳴のような声を上げる。

「……ごろちゃん……っ……キツい……っ……？」

激しく腰を打ち付けながら、高梨が乱れる息の下、尋ねかけるその言葉に、田宮がこくこくと首を縦に振って答える。

普段、心優しい田宮は、高梨に対してもこれでもかというほどの気遣いを見せ、『大丈夫か』と問われれば必ずどのような状態であっても『大丈夫』と笑顔を向ける、そんな思いやり溢《あふ》れる性格をしている。

その彼が『つらい？』という問いにこうも正直に頷《うなず》いてみせるのは、長時間に亘《わた》る絶頂すれすれの状態に、意識が朦朧《もうろう》としてきてしまったためだった。

「……かんにん……」

高梨はすぐにそれを察したようで、小さな声で詫《わ》びると田宮の片脚を放し、先走りの液を

零《こぼ》しながら二人の腹の間で熱く震えていた彼の雄を摑《つか》んで一気に扱《しご》き上げた。

「あぁっ……」

大きく背を仰《の》け反《ぞ》らせた田宮が、一段と高い声を上げて達する。

「……くっ……」

高梨もまた同時に達したようで、暫《しば》し伸び上がるような姿勢となったが、やがてにこ、と微笑むと、ぜいぜいと己《おのれ》の身体の下で息を乱している田宮に、ゆっくり覆い被《かぶ》さっていった。

「ごろちゃん、大丈夫か？」

「……うん……っ……っ……だいじょうぶ」

ようやく意識がはっきりしてきたのか、少しも『大丈夫』という状態には見えないながらも田宮が微笑み頷いてみせる。彼本来の気遣いをみせる田宮を前に、高梨の胸に彼への愛しさと、またも無理をさせてしまったという罪悪感が共に込み上げてきたが、謝ったり労《ねぎら》ったりしようものなら倍田宮が気を遣うと思い、

「水、飲むか？」

と尋ねるに留《とど》めた。

「……うん……」

一瞬の逡巡《しゅんじゅん》を見せたあと、田宮がこくりと首を縦に振る。たかが冷蔵庫にミネラルウォーターを取りに行くだけでも、手を煩《わずら》わせて申し訳ないと思っているらしい彼のこめかみの

あたりに高梨は唇を押し当てるようなキスをすると、

「まかしとき」

わざとおどけて笑い、身軽な動作で身体を起こしベッドから飛び降りた。自分が少しも消耗していないということを、態度で示そうとしたのである。

「下の部屋に響くよ」

どすん、と音がしたのに、田宮が眉《まゆ》を顰《ひそ》め注意を施してくる。

「かんにん。体力余っとるさかい」

「本当に良平《りょうへい》はタフだよな」

賞賛というよりは呆《あき》れた口調で田宮が呟《つぶや》いたのに、早くもペットボトルを手に戻ってきていた高梨は、またもわざとおどけてみせた。

「警察官は体力勝負やからね。頭よりカラダが資本やさかい」

そう逞《たくま》しい胸を張ってみせた高梨は確かに『警察官』ではあるのだが、体力勝負どころかいわゆる『キャリア』で、今や警視庁捜査一課で警視という高い役職についている。体力は勿論《もちろん》頭脳も明晰、ついでに人望にも篤《あつ》いという、次代の警察を担うともいわれる優秀な刑事である。

「……俺も体力採用なんだけどなあ」

渡されたペットボトルの水をごくりと飲んだ田宮は、大手の専門商社に勤めている。『体力採用』というのは勿論彼の謙遜《けんそん》で、所属部の主要ビジネスラインとなった商権を確立した実績を持つ、有能な商社マンである。人目を惹《ひ》かずにはいられない綺麗《きれい》な顔は、三十歳という彼の年齢にはとても見えない。誠実な人柄ゆえ、取引先や上司、それに同僚、後輩にいたるまで彼のファンは多かった。

特に後輩の一人には、『ファン』という以上の親しみを持たれてしまっているのであるが、それはさておき、高梨と同棲《どうせい》生活に入ってからはことさらに艶《つや》っぽくなったともっぱらの評判で、その手の趣味のない男たちをも、ときにどきりとさせるほどの色香が滲《にじ》み出ていると、高梨をそれなりにやきもきさせていた。

二人の出会いは今から二年ほど前に遡《さかのぼ》る。田宮が容疑者となった事件の担当捜査員が高梨で、彼の活躍により真犯人を摘発、田宮の窮地を救ったと同時に彼のハートを得た。

事件後、高梨が田宮のアパートに転がり込んできて二人の蜜月《みつげつ》生活が始まったのだが、手狭なこともあり、そろそろ本格的に引っ越しを考えている。「おはようのチュウ」「いってきますのチュウ」「おかえりのチュウ」「おやすみのチュウ」などなど、挨拶《あいさつ》のたびにキスを交わすのは相変わらずで、未《いま》だに新婚気分満喫中の幸せを絵に描いたようなカップルである。

「トシかなあ」

はあ、と溜め息をつきながらペットボトルの水を飲み干した田宮の横に、高梨がどさりと腰を下ろし「またまた」と笑いかける。

「こない瑞々《みずみず》しい肌しとるごろちゃんが、何言うとるの」

言いながら高梨が手を伸ばし、汗の滲む田宮の裸の胸を撫《な》でた。

「エッチ」

田宮がふざけて笑い、高梨の手を払いのける。

「『瑞々しい』とか、最近の良平はなんか、言うことがオヤジくさくなったよな」

「そやし、オヤジやもん」

ふふ、と高梨が笑い、田宮の手から空になったペットボトルを受け取ると、かわりに、とばかりに唇を寄せようとする。

「今日はもう、無理だよ」

「キスだけ。ええやん、な？」

囁《ささや》きながら高梨は手にしたペットボトルをベッドの下に置き、ゆっくりと田宮を再びベッドへと押し倒してきた。

「キスだけだって言ったろ？」

彼の手が胸を這《は》いはじめたのに、田宮が慌ててその手を摑む。

「言うたかなあ。最近、物忘れが激しうて……」

「それ『オヤジ』っていうよりジジイじゃないか」

とぼけてみせた高梨に、田宮が思わず吹き出したそのとき、枕元に置いてあった高梨の携帯の着信音が鳴り響いた。

「……っ」

「……っ」

二人同時に顔を見合わせたあと、二人して勢いよく身体を起こす。

「はい、高梨」

応対に出た高梨の身体をすり抜けるようにベッドを降りた田宮は、手早く脱ぎ捨てた下着とTシャツを身につけ、きっとこれから出かけることになるであろう高梨のために、新しい下着やタオルを用意しにクローゼットへと向かった。

「はい……はい……わかりました」

短く電話を切り上げ、高梨が田宮を振り返る。

「すぐ出かけな」

「はい」

声をかけたと同時に田宮にタオルやら下着やらを差し出され、高梨が感無量という顔になった。

「さすがはごろちゃん。ええ嫁さんや」

「馬鹿なこと言ってないで、早くシャワー浴びろよ」

そのまま抱き寄せようと腕を伸ばしてくる高梨に、田宮は手にしていた彼の下着やタオルを押しつけるようにして渡すと、可愛《かわい》らしい口を尖《とが》らせ彼を睨《にら》み付けた。

「ありがとな」

にこ、と笑った高梨が田宮の額に唇を押し当てるようなキスをし、そのままバスルームへと向かってゆく。

高梨がこうして帰宅後に呼び出されることはよくあった。そのまま泊まりがけの捜査になることもまたよくあり、そんな場合は田宮はそれこそ『ええ嫁さん』ばりに、高梨に着替えを届けたり手作りの差し入れを――署内のリクエストが高いために、メニューは稲荷《いなり》寿司であることが多い――届けたりする。

今回はそんな、泊まり込みが必要なほどに複雑な事件ではないといいのだけれど、と高梨が消えた浴室の扉を眺め、小さく溜め息をつく田宮はまさに、身も心も『刑事の妻』であるといってよかった。

「そしたらいってくるわ」

「行ってらっしゃい」

玄関先で、「いってきます、およびいってらっしゃいのチュウ」を交わすと、高梨は田宮に笑顔で手を振りアパートをあとにした。

電話は部下の竹中《たけなか》からで、桜木町《さくらぎちょう》でヤクザの死体が発見されたというものだった。

『警視、やられました』

竹中が悔しげな声で報告してきた内容を、タクシーを捕まえるために環七へ向かいながら高梨は思い起こし、彼もまた悔しげに舌打ちする。

『藤村《ふじむら》が殺されました。どう考えても口封じです』

殺されたヤクザ、藤村というのは実は今、高梨たちが別件で追っているホステス殺害事件の密告者なのだった。

二週間前、新宿のキャバクラ『サンデーギャルズ』のキャバクラ嬢の死体が新宿駅西口にあるホテルPの客室で発見された。殺されたキャバクラ嬢は源氏名を美奈《みな》といい、宿泊予約は彼女自身がしたものだった。

美奈はホテルPの常連で、毎週のように予約を入れていたが、宿泊することは滅多になかった。どうも彼女はこの、宿泊料金では都内でも一、二位を争うという高級ホテルをラブホテルの『ご休憩』と同じ使い方をしていたとホテル側では認識しており、また彼女の同泊者についても把握していた。

同泊者――といっても、男のほうもまた宿泊はせず、数時間で帰っていくのだが――は、菱沼《ひしぬま》組系三次団体蒼井《あおい》会の組長、蒼井和馬《かずま》だった。昨年、病死した前組長の跡目を三十二歳という若さで継いだ男である。若いながらも名実ともに組織内では際立っていた――というわけではなく、極道の世界にしては珍しく彼は前の組長の実子で、父親の遺言で二代目となった。

名実共にどころか、名も実力も組織の長になるには到底及んでいないという評判で、菱沼組系列の団体の中では勢いがあった『蒼井会』も今や構成員がかなり他の団体に流出しているという話である。

その若き組長は無類の女好きであり、特にキャバクラ嬢の美奈には相当入れ込んでいた。ねだられるままにブランド物の洋服やらバッグやら車やら、果てはマンションまで買い与えていたらしいのだが、組が傾いてきたと同時に金払いも悪くなってきたという理由で、美奈は後腐れなく別れたいと同僚に漏らしていた。

美奈の死は絞殺で、計画的なものというよりは突発的な犯行だと思われた。その日も彼女のすぐあとに蒼井組長がホテルに来たというフロントの証言も取れたことから、蒼井に任意同行を求めようとしていた矢先、蒼井会のチンピラが自首してきたのである。

誰がどう見ても彼が身代わりであることは明白だった。高梨や所轄である新宿署の刑事たちは、蒼井の犯行であるという証拠を求め奔走していたのだが、昨日ようやく蒼井会の若頭、藤村を口説き落とし証言を得る約束を取りつけたところだった。

藤村は先代である和馬の父親の頃から若頭の役職にあった。亡くなった先代に「和馬を男にしてやってくれ」と頼まれたとのことで、女遊びばかりに血道を注ぐ和馬をもり立てようと尽力してきたのだが、度を超す和馬の暴挙にもう我慢も限界と密告《タレコ》む決意を固めたとのことだった。

証言ばかりでなく、なんらかの証拠品を持参するという話になっていた彼が殺されたとなると、犯行はかなりの高確率で蒼井組長の指示によるだろうと、タクシーの中で高梨は憤りを抑えきることができず、己の掌《てのひら》に拳《こぶし》を打ち付けた。

このような事態が起こると当然予測すべきであったのに、証言者を――否、何より尊い人命を失うことになったのはすべて、自分が注意を怠ったからであると思うと、悔いても悔い足りない思いがする、と高梨は再び拳を掌に叩《たた》きつけた。

なんとしてでも犯人を挙げてやるという決意も新たにタクシーを降り立ち、高梨は桜木町駅から徒歩十五分程度のところにある現場へと向かった。

『ＫＥＥＰ　ＯＵＴ』の黄色いテープの張られた現場は、三ヶ月前までカラオケスナックだったが、今は閉店し新たな借り主を捜しているという店だった。

「おう、高梨」

テープをくぐり店内に入ると、先に到着していた新宿署の刑事、納《おさめ》が声をかけてきた。

「サメちゃん、早かったな」

「おう、今日宿直だったからな。それより、やられたな」

笑顔で近づいた高梨に、納が悔しげに顔を顰《しか》める。

「死因は？」

「刺殺だ。凶器は発見されてねえらしい」

納が肩越しに数名の刑事や鑑識が忙しく行き来する現場を振り返る。

「神奈川県警か」

「ああ。あ、監察医はありがたいことにアキ先生だったから話も聞けたが、他はどうもな」

納はあまり人の悪口を言うタイプではないのだが、その彼をして肩を竦《すく》めさせたところを見ると相当排他的らしい。高梨はやれやれと思いつつ、先ほどから高梨に不審げな視線を向けてきていた神奈川県警の刑事と思《おぼ》しき男に近づいていった。

「警視庁の高梨です」

手帳を示し挨拶すると、男は——四十代半ばと思われる細面の眼鏡の男は、手帳に書かれた高梨の役職を見てはっとした顔になった。

「大変失礼しました。神奈川県警の小田《おだ》です。現場、ご覧になりますか」

急に腰が低くなった小田という刑事に内心苦笑しつつ、高梨は「よろしくお願いします」と笑顔で頭を下げたあと、納を振り返った。

「サメちゃん、現場、見せてくれるそうや」

「お、おう」

納が、いいのか、というような顔をして高梨らへと近づいてくる。

「ちょうど監察医の先生がいらしています。どうぞ」

小田は納を見て、少し眉を顰めたものの、高梨の手前あからさまに彼を排斥するような態度はとれなかったようで、渋々といった様子で店の奥へと二人を導いた。

「やあ、高梨さん。相変わらず男前だね」

既に検死が終わったのか、死体の傍《そば》で立ち上がり白衣の助手たちに運び出しの指示を出していたのは、監察医の須原秋彦《すはらあきひこ》だった。高梨とは顔馴染《かおなじ》みのこの医者は、確かな見立てと共に特徴的な外見のため有名である。

百八十センチを越す長身の上、顔立ちは超がつくほど整っている。それだけでも充分人目を惹きはするのだが、なんといっても彼のトレードマークは、白衣に映える腰まである綺麗な黒髪だった。

「それを言うならアキ先生こそ。随分『ご活躍』でいらっしゃるいう噂《うわさ》を耳にしとります」

含みを持たせた物言いをする高梨に、「どんな活躍なんだか」と須原は苦笑で答えたが、高梨が真面目な顔になったのにすぐ、その笑みを引っ込めた。

「死因は刺殺とか」

「うん、刺殺だよ。正確に心臓を抉《えぐ》られている。上腕にうっすらと鬱血痕《うっけつこん》があるから、多分、数名がかりで押さえつけ、ナイフでズブリ、ということじゃないかと思う」

詳しいことは検死が終わってからだけど、と言い足した須原に、今度は納が問いを発した。

「死亡推定時刻は？　どのくらいか、だいたい出ましたか？」

「まあ、それも詳しいことは検死が終わってからだけど、時間はそう経《た》ってないと思うよ。

死後三時間、ないし四時間くらいじゃないかな」

「そら、発見が早かったんやね」

閉店したカラオケ店での犯行という状況から、そうも早く事件が発覚するとはと違和感を覚えた高梨が呟く。

「なんでも密告電話があったらしいよ」

須原がしれっと高梨の疑問に答えたその横で、神奈川県警の小田が「それは」と慌てた声を出した。

「なに？　どうしたの？」

素《す》でわからないのか、はたまた演技か、須原が綺麗な目を見開き不思議そうに小田を振り返る。

「あ、いえ、その、その件に関しては、捜査会議の席上で述べようかと思ってまして……」

小田がしどろもどろになるのに、所轄内で捜査を完結させたいというわけか、と高梨と納は密《ひそ》かに目を見交わし肩を竦め合った。

と、そのとき、

「小田警部！　出ました！」

若い刑事がそう叫びながら現場に駆け込んできたのに、その場にいた皆の視線が一気に彼に集まる。

「凶器が出ましたので、その場で逮捕したそうです。今、署に連行中です」

「そうか！」

興奮する若い刑事に、小田もまた興奮し、頷いている。

「あの、話が見えへんのですが」

一体どうしたことかと高梨はついに我慢できず、盛り上がる小田と若い刑事に声をかけた。

「ああ、大変失礼しました。実は先ほど須原先生がおっしゃったとおり、本件密告《タレコミ》がありましてね、ここに死体があるということと、犯人は誰ということと……で、二手に分かれて捜査していたというわけなんですよ」

「密告は誰から？　どのようにしてあったんです？」

そのような報告を高梨は受けていなかった。やはりあからさまな警視庁はずしか、と憤りは覚えたものの、それを顔に出すことなく小田に問う。

「神奈川県警に男の声で電話があったんですよ。桜木町のつぶれたカラオケ店に蒼井会の若頭の死体がある、犯人は近くに住むこの男だ、という電話がね。名前も何も告げず、一方的に喋《しゃべ》って切られたので、半分以上悪戯《いたずら》かと思っていたんですが、ここに死体はあったし今の話では犯人と思しき男の部屋に凶器があったらしいですから、あの密告は本物だったのだなと」

「そうだったんですか」

頷きはしたものの、高梨は小田の話に釈然としないものを感じていた。匿名の密告電話には、真実を告げるものも勿論あるが、捜査をミスリードさせるためのものも多い。死体発見はともかく、容疑者を特定させるような電話は特にその傾向が強いと思うのだが、小田らはなんの疑いも抱いていないようである。

今回の犯行は普通に考えて、組を売ろうとした藤村の口を塞《ふさ》ぐためのものだと思われるが、一体その『密告電話』は誰を犯人と告げてきたのだろうと、高梨はそれを問うてみることにした。

「逮捕されたのは組関係者ですか？」

高梨はおそらく組の三下がまた身代わりとなるつもりだろうと予測していた。それなら自首すればいいものを、一体なぜにそんな『密告』などというまどろっこしい手を使ったのかという疑問は残るが、と思いつつ問いかけた高梨は、返ってきた答えに戸惑いの声を上げた。

「いえ、暴力団関係者じゃありません。探偵事務所勤務の捜査員らしいですよ」

「え？」

「探偵事務所勤務？」

思いもよらない小田の答えに、高梨の横で納もまた、驚きの声を上げる。

だがこの二人の驚きは、続く小田の言葉を聞いたときにこれ以上ないほどに増幅することとなった。

「ええ、雪下聡一《ゆきしたそういち》という、うさんくさい男ですよ」

「なんだって？」

「雪下が!?」

納と高梨、二人の驚きぶりがあまりに大きかったせいか、今度は小田がぎょっとした顔になり、逆に高梨に問いかけてきた。

「あの、その男が何か……別件の容疑者か何かですか？」

「いえ、そういうわけでは……」

呆然《ぼうぜん》としながらも首を横に振る高梨に、同じように動揺しているはずの納が、

「おい、高梨、大丈夫かよ」

と声をかけてくる。

「……大丈夫や……」

少しも大丈夫そうではない口調で答える高梨の脳裏には、かつての同僚であり友でもあった男の顔が浮かんでいた。

2

高梨と納は、深夜にもかかわらず開催されることになった捜査会議に出席するため現場から真っ直《まっす》ぐ神奈川県警へと向かうことになった。

「しかし怪しいよな。このタイミングでの藤村の殺害に、密告電話だろう？　とても雪下が犯人とは思えんなあ」

納が運転する覆面パトカーの中、神奈川県警の刑事たちがいないのをいいことに、その納が自分の見解を述べる。

「せやね。僕もそない思うわ」

「それにしてもなんだって雪下なんだ？」

高梨が頷き、納もまた頷いたあと、わけがわからん、と首を傾《かし》げた。

「わからへん……探偵事務所の捜査員、いう話やったから、なんぞ蒼井会のことを調べとったとか、そのあたりやろか」

考え考え高梨がそう言うのに、「そうだなあ」と納は相槌《あいづち》を打つと、

「それにしても」

と話題を変えた。

「雪下、あのうさんくさい興信所は辞めたってことなのかね。高梨の処《ところ》にはなんか連絡あったか？」

「いや、特に何も……ただ、興信所を辞めたいうことは耳に入っとったけど」

「そうか」

納が物言いたげな顔で頷く。普通に生活している限り、雪下の噂など『耳に入って』などこないということがわかるからだろう、と高梨は苦笑し、納が言いたいであろうことを口にした。

「気になってな、ミトモさんに頼んどったんよ。なんぞ動きがあったら教えてくれてな。新しい就職先まではミトモさんも追い切れなかったそうや」

「そういうことか」

納は納得したように頷いたものの、彼の表情は相変わらず物言いたげだった。

「なに？」

「いや、まさかこんな形で雪下と再会することになるとは思わなかったからよ」

驚いちまって、と納は笑っていたが、高梨には彼が言いたいことが痛いほどに伝わっていた。

「大丈夫やて、サメちゃん」

以前高梨は雪下に対し、ずっとある負い目を感じていた。というのも、高梨が初めて配属になった新宿署で、彼と納、それに雪下は机を並べていたのだが、拳銃を保持した逃走犯を追っている最中、高梨が被弾しそうになったために雪下が街中で発砲、無事犯人は逮捕できたものの、雪下はその発砲を査問会議にかけられ、結局懲戒免職となった。

雪下が警察をクビになったのは自分を守るためであったのに、と高梨は責任を感じ、やさぐれていく雪下の行方を暫《しばら》く追っていたのだが、やがて見失ってしまった。

それが今から半年ほど前に、ある事件をきっかけに雪下と思わぬ再会を果たし、紆余曲《うよきょく》折《せっ》を経た結果、長年の双方のわだかまりが氷解するのではという希望をようやく見いだせるようになったと高梨は思っていた。

納が心配しているのは、自分が未だに雪下に対し、負い目を感じているのではないかと思っているためだろうと高梨は気づき、それで『大丈夫』と告げたのだった。

高梨の胸にはもう、雪下への負い目はない。以前と変わらぬ友情を育《はぐく》むためには負い目など感じていては駄目だと恋人の田宮に諭され、確かに彼の言うとおりだと高梨は気持ちを切り替えることにした。

その後また雪下の消息はぷつりと途絶え、どうしているかと案じてはいたが、忙しさにかまけて行方を捜すことができずにいた。まさか彼に限って人殺しをするわけがないが、一体どういう事情なのかと高梨が首を傾げている間に、覆面パトカーは神奈川県警に到着した。

間もなく深夜零時を迎えようという時間だというのに、犯人と思しき人物の——雪下の逮捕に、署内は活気づいていた。

「あ」

「あれ」

捜査会議が行われる大会議室に足を踏み入れた高梨と納は、上座に座る男を見て、二人ほぼ同時に驚きの声を上げていた。

「ああ」

二人を驚かせた男もまた、高梨と納に気づき、一瞬驚いた顔をしたあと笑顔になり立ち上がる。

「久しぶりじゃないか」

歩み寄ってきた男が、満面に笑みを浮かべ高梨の、そして納の肩を叩いた。

「ご無沙汰《ぶさた》しています。立石《たていし》さん」

高梨も笑顔になり、男の——立石の前で深く頭を下げる。

「高梨の評判は聞いている。今、警視庁だったな。納は変わらず新宿署か」

「はい、そういえば立石さんは神奈川県警の刑事部副部長でいらしたんですよね」

高梨が笑顔を返した相手、立石はかつて、高梨が新宿署にいた頃の上司だった。女性警官たちの間で『ダンディ課長』というあだ名を持っていた当時からは五年の歳月が流れているが、ダンディぶりはかわっていない。

髪型や服装に気を遣うのは、遣い甲斐があるためだといわれるのが納得できる、長身のハンサムガイである。三つ揃《ぞろ》いのスーツをビシッと着こなし、オールバックにした黒々とした頭髪には一筋の乱れもない。

俳優のような整った顔をしている彼の性格は几帳面《きちょうめん》で、報告書の提出が遅いと言っては怒られ、字が汚いといっては怒られたものだった、と高梨は懐かしくかつての上司を眺めた。

「成長ぶりを見せてもらうぞ」

ははは、と笑い、立石が高梨と納の肩を叩く。

「ご期待に沿えるよう、頑張ります」

「頑張ります」

高梨と納はそれぞれに頭を下げたが、高梨の顔に笑みがあるのに反し、納は始終ぶすっとしたままだった。

「……サメちゃん」

立石が背を向け、席に戻っていったあと、高梨は納に諌《いさ》めるような視線を向けた。

「気持ちはわかるけどな、アレは噂の域を出てへん話やろ」

「どう考えてもガチだろう。あのあとの態度を見りゃよ」

納が彼らしくもなく顔を歪《ゆが》め、吐き捨てるようにそう言いながら、じろりと立石を睨んだのには理由があった。

五年前、雪下が査問会議にかけられた際、懲戒免職となったのは、日頃から雪下とそりが合わなかった当時の課長である立石が、一切彼を庇《かば》わなかったばかりか逆に懲戒免職に向けて動いたという噂が流れていたためだった。

高梨はその噂を聞いたとき、まさか『そりが合わない』程度の理由で、上司が部下を懲戒免職にするわけがないと信憑《しんぴょう》性を疑っていたが、納は当時から噂を信じていた。

それから約半年後に立石はこの神奈川県警の刑事部副部長に『栄転』となったことが納の疑いをより濃厚にした。査問会議にかけられた部下を庇うよりも、上層部の意向に従いとっととクビを切ったということだろうという噂も立ったが、その異動は当該の副部長が急逝したためだと高梨は知っていたため、噂を信じはしなかった。

几帳面な立石が、はみだし気味だった雪下をそう好いていないという雰囲気は感じていたし、噂どおり積極的に雪下の処分撤回に動くことはなかっただろうが、だからといってそれこそ積極的に雪下免職に動いたとは思えない、というのが根っからの『性善説』の支持者である高梨の見解であった。

だがその高梨をして『まさか』と眉を顰めさせるような展開が、それから間もなく開催された捜査会議では待ち受けていた。

「事件を簡単に説明します」

出席者が揃うと、神奈川県警捜査一課係長の宮田《みやた》が立ち上がり、ホワイトボードに既に記してあった事件概要を説明し始めた。彼は雪下逮捕に立ち会ったため、会議の議事進行を任されたとのことだった。

「本日午後十一時、神奈川県警捜査一課に匿名の密告電話が入りました。山下公園近くの閉店したカラオケスナックの店内に、蒼井会の若頭の死体があるということと、犯人はその店から徒歩五分のところに住んでいる、雪下聡一という男だという二点を伝え、電話は切れました。応対に出た佐々木《ささき》巡査部長の話によると、公衆電話からかけてきたらしいということです」

そこまで喋ったあと宮田は「いいですか」と周囲を見渡し、皆が理解していることを確かめ説明を続けた。

「通報を受け、まず現場に向かって死体を発見、続いて雪下のアパートに出向き、任意同行を求めたところ、アパートの外に凶器と思しき血が付いたナイフが落ちているのを捜査員が発見、その場で緊急逮捕に踏み切りました」

「ちょっと待ってください、ナイフは建物の外に落ちていたんですか」

高梨が挙手して確認を取る。現場で聞いた話では雪下の室内から凶器が発見されたということだったが、建物の外であればまた状況は変わってくると思っての彼の問いかけは、宮田には軽んじられてしまった。

「外といっても玄関のドアのすぐ傍です。雪下は凶器を処分しに行こうとしている様子でした。本人は外出から戻ったばかりと誤魔化していましたが」

「たびたびすみません、『誤魔化していた』というのはあくまでも主観であって、裏付けは取れていませんよね？」

再び高梨が挙手して発言したのに、宮田はあからさまに嫌な顔をした。

「話を先に進めてもよろしいですかな。ご質問はあとからまとめて伺いますので」

「これは失礼しました。どうぞお願いします」

傍《かたわ》らで納がむっとした顔になったが、高梨は申し訳なさそうに宮田に頭を下げ話の続きを促した。

「えー、というわけで我々はその場で雪下を逮捕、今、沢田《さわだ》警部と江藤《えとう》巡査部長が取り調べにあたっています。雪下のプロフィールを説明しますと、住所は横浜市西区桜木町、年齢は三十二歳、職業は今は『青柳《あおやぎ》探偵事務所』というところで捜査員をしているそうです。前歴は警察官ですが、五年前に懲戒免職になっています」

「別に不祥事を起こしたわけではありませんよ。それはそこにいらっしゃる立石副部長もよくご存じです」

憤りを抑えられなくなったのか、納が挙手もしないで立ち上がり、大声でそう告げた。

「そうなんですか、立石副部長」

その態度が気に入らなかったのだろう。宮田はちらと嫌味な視線を納に投げると、さも信用していないといわんばかりの態度でわざわざ立石に確認を取った。

「あの野郎」

納が凶悪な目で宮田を睨みながら高梨にだけ聞こえるような小さな声でぼそりと呟くのに、

「まあまあ」

高梨は彼を窘《たしな》めると、挙手して立ち上がった。

「五年前の懲戒免職についての詳細は後ほど僕からもご説明させていただきますが、それより前に神奈川県警が雪下氏を逮捕に踏み切った経緯を教えていただきたい。誰ともわからぬ密告者からの電話と家の外に凶器が落ちていたことだけではないですよね？」

高梨にしては嫌味な物言いに、宮田はあからさまにむっとした顔になったあと、

「当然です」

と胸を張った。

「雪下の部屋から、藤村の写真など、蒼井会に関する書類が多数発見されました。それに犯行時刻前後の彼のアリバイはありません」

「それだけで逮捕とは先走りすぎではないですか。まず任意で話を聞く程度でよかったのでは……」

誤認逮捕の可能性が大きいと暗に指摘した高梨を宮田がじろりと睨み付けた。

「逃亡の恐れありと判断しました。任意同行は拒否されたら終わりでしょう？　もと警察官の雪下ならそのくらいの知識はあるでしょうからな」

「もと警官であればそもそも、殺人の罪の重さも充分理解しているでしょう」

滅多に熱くなることのない高梨ではあったが、宮田の言いようにはさすがに腹が立ち、思わず声を荒立てたのだが、

「静粛に」

そのとき、低いが凛《りん》とした声が室内に響き渡り、高梨ほか皆の視線が声の主に——立石副部長に集まった。

「宮田君、君は雪下がそのようなことを言ったのを実際聞いたのか？」

厳しい目で見据えながら、立石が宮田に問いかける。

「あ、いえ、そういうわけでは……」

「それなら君は想像でものを言ったのか」

「想像と申しますか、その……」

眼差《まなざ》し同様の厳しい語調で問い詰められ、宮田が傍目《はため》にもわかるほどにおろおろして立ちつくす。

「捜査に先入観は禁物だ。取り調べは慎重にするように」

立石は更に厳しくそう言うと「もういい、座りなさい」と宮田を解放した。

「申し訳ありません」

ぼそぼそと謝りながら宮田が腰を下ろす。相変わらず几帳面といおうか生真面目といおうか、間違ったことや曲がったことを厭《いと》いきっちりと注意を施すかつての上司を、高梨は頼もしく思いつつ見ていたのだったが、

「それから高梨警視」

その立石の視線が自分へと移ったのに、何事だと返事をして立ち上がった。

「はい」

「あなたも、先入観を持たないように。たとえもと刑事であっても犯罪に手を染める人間はいます」

「……っ」

丁寧な言い方ではあるものの、自分にも同様に厳しい目を向けられたことに高梨は思わず息を呑《の》んだが、すぐに深く頭を下げた。

「失礼しました。気をつけます」

「どうでしょう？　事件関係者が知人である場合、基本的に捜査を外れていただくことになりますが、雪下とはここ最近、交流はあったのですか」

立石の言うこともっともだと謝罪した高梨だったが、続く彼のこの言葉は素直に聞くことができず、思わず顔を上げた。

「交流はありません。捜査には加わらせていただきます」

冗談じゃない、という憤りを感じさせぬよう、静かな、だが力のこもった口調でそう告げた高梨に、

「そうですか」

立石は何かを言いかけたが、すぐにすっと目線を自身の手元に落とすと、「それなら結構です」とだけ告げ、隣に座っていた捜査一課長に会議の続行を促した。

その後、高梨と納が藤村より蒼井会がらみの密告を受ける予定になっていたことを報告したが、神奈川県警の刑事たちの食いつきは悪かった。

今後の捜査は、あくまでも後追いということで、藤村の足取りを追う班と、逮捕された雪下の目撃情報を集める班に分けられ、会議は三十分ほどで解散となった。

「すみません」

ぞろぞろと刑事たちが会議室を出ていく流れに逆らい、高梨は席を立とうとしていた立石に駆け寄っていった。

「なんだ？」

立石は高梨に笑顔を向けてきはしたが、部屋を出ようとする足を止めることはなかった。

「今、雪下の取り調べ中や、いうことでしたが、同席させては貰《もら》えませんか」

高梨が立石のあとを追いながら頭を下げてようやく、立石の足は止まった。

「警視庁の刑事の依頼を断ることはできない。とはいえ、もう少し我々に任せてもらってもいいんじゃないか？」

憮然《ぶぜん》とした顔になった立石に、高梨は慌てて首を横に振った。

「別に神奈川県警の見解に口を挟もうとしているわけではありません。先ほど申し上げましたとおり、藤村は我々に蒼井会組長の愛人殺害をリークしようとしていました。藤村殺害がその件とまったくかかわりがないとは、なんの先入観を持たずしても考えられないことでしょう」

「我々はその件と本件とは別だと考えているがね。勿論なんの先入観も持っていない状態で」

きっぱりと言い切る立石の前で、高梨が一瞬絶句する。だが、引き下がることはできないと拳を握り、

「しかし」

と一歩を踏み出した彼に、立石は一瞥《いちべつ》を与えたあとふいと前を向いてしまった。

「勿論、拒否はしない。我々の取り調べが終わったあとに声をかけさせるから、待っていなさい。何時になるかはわからんが」

「ちょっと、立石副部長」

そのまま会議室を出ていってしまった立石の背に、納が憤懣《ふんまん》やる方なしといった声を上げ

る。だが、立石は彼を振り返ることなく、部屋を出ていってしまい、

「無視かよ！」

と納に憤りの声を上げさせた。

「サメちゃん、やめとき」

同じく憤りを感じていた高梨だが、神奈川県警の刑事たちが納をじろじろ睨みながら部屋を出ていくのに気づき、彼の肩を叩いて落ち着かせようとした。

「だってよ、高梨。ひでえじゃねえか」

「確かに酷《ひど》い。その上、理にかなってない。なぜにああも閉鎖的なんやろ」

わけわからん、と低い声で言いながらも「せやけどな」と高梨は納を見やった。

「怒ったところで状況は好転せえへん。雪下との面談は許されたんやから、気ぃ長く持って待とうやないか」

「……本当にお前は人間ができてるよ」

俺は我慢できん、と大きく溜め息をつく納の肩をまた、高梨は「まあまあ」と叩く。

「どうせ時間があるんや。さっきの宮田いう係長に雪下を逮捕したときの状況でも聞いてみよやないか」

「……そうだな」

あいつにも腹が立ったのだ、といきり立つ納を、高梨はまた「まあまあ」と窘めると、二

人して肩を並べ刑事部屋へと向かった。

「すみません、宮田さん」

宮田は席で同僚たちと談笑していたが、高梨が声をかけるとあからさまに迷惑そうな顔をした。

「なんでしょう。高梨警視」

「宮田さんは雪下逮捕の現場にいらしたんですよね。そのときの詳しい話をお聞かせ願えないかと思いまして」

笑顔で問いかける高梨に対し、宮田はいかにも面倒くさそうに席を立つと、「こちらへ」と脇《わき》の接客スペースへと導いた。

「詳しいといっても、会議の席で発表した、あれがすべてですけど」

どさりと上座に腰を下ろし、ぶっきらぼうにそう言う宮田に、むっとした納が文句を言おうとするのを手で制すると、高梨は笑顔のまま彼への問いかけをはじめた。

「雪下は出かけるところやった、いう話でしたな。本人は帰ってきたところだと言っていたそうですが、彼は部屋の外におったんですか？　それとも中に？」

「中ですよ。コートを着ていて、今しも出かけようとしているところでした。我々の来訪に酷くびっくりしてましたが」

「そうですか」

コートを着ていたのは、雪下の言うように、そのときちょうど外出からもどったばかりという状況もあり得るだろうと思ったが、指摘しても水掛け論になるだけだと高梨は他の問いを発した。

「凶器となったナイフが部屋の外に落ちていたということですが、どこに落ちていたんです？」

「アパートのドアの前に古新聞が積んであったんですが、その新聞の間にビニールに入れて忍ばせてありました」

「新聞の間に？　隠してあったということですか？」

『隠してあった』と『落ちていた』ではニュアンスが違う。そこを高梨が突っ込もうとしたのを察したのか、宮田が慌てて言葉を足した。

「いかにも急場しのぎという感じでしたよ。乱暴に突っ込んであるだけでね。あのアパートの廊下は電気が切れてたために暗かったから、最初我々もうっかり見落としたがすぐに気づきました。落ちてたようなもんです」

「凶器を敢《あ》えて新聞の中に、急場しのぎであっても隠したのはなぜだと、宮田さんは見てますか？　これから捨てに行くものを敢えて自室の外に——誰が通るかわからないアパートの廊下に置く心理が僕にはようわからんのですが」

「さあ、それこそ雪下に聞いてみないとわかりません。凶器を家の中に持ち込みたくなかっただけじゃないかと、僕は思いますけどね」

　答えるのが面倒になってきたのか、はたまた思いもかけないことを突っ込まれるのが負担になってきたのか、宮田は「もういいですか」と腰を上げかけたのだが、高梨は粘った。

「すんません、もうひとつ」

「なんでしょう」

　やれやれというように溜め息をつきながら、宮田が再び腰を下ろす。納がまた苦情を言いかけたのを「サメちゃん」と高梨は目で制すると、にこやかな笑顔で宮田に問いを続けた。

「雪下の部屋に、藤村の写真や蒼井会の調書があった、いうことでしたが、どこから発見されました？　その場で家宅捜査に入ったんですか？」

「いや、玄関先に置いてあった雪下の鞄《かばん》の中にありました。鞄は室内にありましたから、『室内から発見した』と申し上げましたが、何か問題でも？」

　既に宮田は喧嘩《けんか》腰になっている。これ以上粘っても彼から有意義な情報を聞き出すことは困難だろうと高梨は判断し、

「ありがとうございました」

　と頭を下げた。

「もういいんですね」

　宮田が念を押し立ち上がったのに倣い、高梨と納も立ち上がる。

「はい。お手数おかけしました」

「それじゃ、失礼します」

心のこもってない会釈をしたあと、宮田は席へと戻っていった。

「あの野郎、いつか締めてやる」

ぼそりと呟く納を「物騒なこと、言わんとき」と苦笑し諌めた高梨は、座ろか、と言って腰を下ろした。納もまた腰を下ろす。

立石は雪下との面会を許可してくれたが、どこで待てばいいというような気遣いをしてはくれなかった。刑事部屋で待っていれば無視されることもあるまいという高梨の考えを納も読んでくれたらしい。

「……しかし、引っかかるな」

高梨が腕組みをして唸《うな》るのに、

「そうだな」

納もまたその、熊のような愛嬌《あいきょう》のある顔を顰め、頷き返した。

「雪下ははめられたんちゃうかな」

「俺もそう思ってたんだよ」

高梨がこそりと呟いたのに、納もまた小さな声で答え、うんうんと勢いよく頷いてみせた。

「本当に雪下は外出先から帰ったところやったんやないかな。そこに警察が踏み込んだ」

「俺もそうじゃないかと思う。さっき高梨も言っていたが、わざわざ凶器を――それもわざわざビニール袋にしまったナイフを、外に放置して部屋の中に入るなんて馬鹿げたこと、普通しねえだろうよ」

「せやね」

高梨と納、二人して額を付き合わせ、こそこそと話していたのだが、

「せや」

やおら高梨がそう声を上げて立ち上がり、既に席に戻ってしまった宮田の名を大声で呼んだ。

「宮田さん、申し訳ないんやけど、もう一つ」

「なんですか、まったく」

室内の刑事たちの注目が宮田と立ち上がった高梨の二人に集まる。宮田は今度もまたあからさまに嫌そうな顔をしたが、無視もできないと思ったらしくしぶしぶ高梨らのいるソファへと引き返してきた。

「雪下のアリバイはないっちゅう話やったやないですか。そのへんの事情を教えて貰えませんか？」

宮田は早く話を切り上げたいのがミエミエで、腰を下ろそうともしなかったが、高梨の問いには答えてくれた。

「彼は一人暮らしですからね。アパートの部屋にいたとしても誰もそれを証明できない。運がいいというか悪いというか、今、彼の隣の部屋は空室でしてね」

「しかし雪下は外出から戻ったところだったと言ったんやなかったでしたっけ」

高梨が口を挟んだのに、宮田は「ですから」と不機嫌さを隠しもしない口調で言葉を続けた。

「本人の言葉を信じたとしても、アリバイは証明できないんですよ。外出していたというので、どこに行ったかと聞けば、依頼人に会っていたと言い、それならその依頼人はどこの誰だと聞けば、守秘義務で言えないという。こりゃもう、嘘に決まってるでしょう」

「……まあ、探偵にも守秘義務があるでしょうから嘘とは言い切れないでしょうが」

高梨は至極真っ当なことを言ったつもりであったが、宮田にとっては少しも『真っ当』ではなかったようだった。

「高梨警視はどうも雪下を庇う傾向がおありですが、それは彼がもと警察官だからですか？私は今現在の雪下を実際見ましたが、もと同僚とは認めたくない、やさぐれた風貌《ふうぼう》をしていましたよ。態度も酷くてね。警視も実際お会いになったら、彼が犯人であることを納得されるんじゃないですか」

「俺たちだって最近の雪下には……っ」

「サメちゃん、やめとき」

宮田のあまりの言いように、納が腹立ち紛れに怒鳴ろうとしたのを、高梨が遮《さえぎ》る。

「でもよう、高梨」

憤り収まらず、といった様子の納に小さく頷いてみせると、高梨は爽《さわ》やかともいえる笑顔を作り、宮田に向き直った。

「そうですね。今の雪下に実際会って、判断したいと思います。あとどのくらいで交代してもらえますかな？」

「それは……」

しまった、という顔になった宮田に、たたみかけるように高梨の言葉が続く。

「神奈川県警としての事件のとらえ方は充分把握しました。が、新宿署でのキャバクラ嬢殺人事件も捨て置くわけにはいきません。警視庁としては、両件かかわりありと見ています。そのためにも一刻も早く雪下に話を聞きたいのですが、一体いつまで待てば取り調べを交代して貰えるのですか？　副部長には許可を得ています。それでもまだ話を通せというのでしたら、上司から副部長、いえ、刑事部長に直接連絡を入れてもらいますが」

「ちょ、ちょっと待ってください。我々も別に、そんなつもりでは……」

宮田があわあわと言葉に詰まったあと、「ちょっと失礼します」と刑事部屋を飛び出していった。

「高梨」

「……ま、あまりこういう手は使いとうないんやけどね」

さすがだぜ、と感嘆の声を上げた納に、高梨が苦笑し肩を竦める。

「トップダウンが有効やとええんやけど」

「有効だろ。あの慌てっぷりを見ると」

またも高梨と納、二人して額を合わせこそこそ話しているところに、宮田が息を切らせて戻ってきた。

「お待たせしました。こちらの取り調べを中断しましたので」

「申し訳ありませんな」

ぜいぜい言いながら頭を下げて寄越した宮田に、高梨は申し訳なさそうに頭を下げたが、横では彼ほど大人になれない納が拳を握りしめガッツポーズを取っていた。

「取り調べはいかがです？」

案内に立った宮田に続きながら、高梨が彼の背に問いかけると、

「だんまりを決め込んでるそうです」

脅かしがきいたからか、宮田は比較的すらすらと取り調べの様子を喋り始めた。

「犯行は否認しているとのことでしたが、それ以外は口をきかないそうです。黙秘権を行使しているんでしょう」

「そうですか」

犯行を否認しているという言葉に高梨は密かに安堵《あんど》の息を吐いていた。雪下が人殺しをするなど信じられないとはいえ、やはり本人が否定してくれたのは心強い、と高梨が納を振り返って笑いかけたのに、納も微笑みを返す。

「こちらです」

そうこうしているうちに三人は『第一取調室』の前に到着し、まず宮田がノックしてドアを開いたあと、首だけ突っ込み中に声をかけた。

「すみません、先ほどの件で」

「おう」

いかにも面倒くさそうな声が中から響いたと思った直後、年配と若手、二人の刑事が部屋を出てきて、じろりと高梨と納を睨んできた。

「どうぞ」

宮田が高梨らに中に入るよう、促す。

「大変失礼しました。ご好意に感謝します」

刑事二人に高梨は丁重に頭を下げたが、どういう話が通ったのか、年配の刑事も若者もそっぽを向いて高梨の謝罪を無視した。

「行こう、サメちゃん」

やりにくいことこの上ないと思いつつもそれを態度に出すことなく、高梨は納に声をかけ取調室へと足を踏み入れる。

その瞬間、正面に座っていた雪下と目が合った高梨は、思わず彼の名を大きな声で呼んでいた。

「雪下、どないしたん」

「高梨」

高梨の目の前で、心底驚いた顔で雪下が彼の名を呼ぶ。数ヶ月前に会ったときよりも、随分まともに見えるかつての友の姿を前に、高梨は暫し呆然と立ちつくしてしまっていた。

3

「雪下、ほんまどないしたん？」

高梨が駆け寄り、雪下の前の席に座る。

「お前もこの件の担当か」

動揺する高梨に反し、既に落ち着きを取り戻した様子の雪下は、不遜《ふそん》ともいえる笑顔を向けて寄越した。

「いや、別件やけどな」

「別件？」

だがその彼も高梨の言葉は意外だったようで、目を見開き鸚鵡《おうむ》返しにする。

「それより事情を説明して欲しいんやけど。逮捕されたときは外出から戻ったいう話やったな？」

「ああ、神奈川県警の刑事たちは信じてないがね」

だが雪下の驚きもまた一瞬で去ったようで、勢い込んで尋ねる高梨に対し、さもどうでもいいように肩を竦めると、ふいっとそっぽを向いてしまった。

「どこから帰ってきたところやった？　依頼人に会うとったいうことやったけど」

「ああ、そのとおりだよ」

そっぽを向いたまま頷いた雪下に、高梨が問いを重ねる。

「それが誰、いうんが守秘義務に反する言うんやったら、どこで会うてたかを教えてもらえへんやろか」

「…………」

雪下は一瞬だけ目線を高梨へと向けたが、すぐにふいとまた目を逸《そ》らすと一言、

「ノーコメント」

それだけ言い、あとは唇を引き結んでしまった。

「おい、雪下、てめえ何言ってやがるんだ！　高梨がお前の疑いを晴らしてやろうって言ってんだぞ？　その上こいつはお前の『守秘義務』まで認めて、依頼人本人に確かめるんじゃなく、その時間お前の姿を見た人間がいないか、それを調べようとしてるんだ。そこまでお前を思いやり、譲歩もしている高梨に『ノーコメント』はないだろう！」

高梨の背後から納が飛び出し、雪下の胸ぐらを摑もうとする。

「サメちゃん、そう熱くならんでええがな」

高梨が慌てて立ち上がり、納の腕を摑んだのに、

「高梨、お前は腹立たねえのか？」

納の怒りの矛先は今度、高梨へと向いてしまった。

「だいたいお前は甘い！　何が守秘義務だよ。殺人の疑いがかけられてるんだぞ。依頼人への義務より自分の身を大事にしろって、どうして言ってやれねえんだよ」

「それもそうなんやけど、人には事情っちゅうもんがあるやろ」

サメちゃん、落ち着き、と高梨に摑まれた腕を上下に振られ、納は自分がいかに興奮していたか気づいたようだ。

「悪《わり》ぃ。つい、言い過ぎちまった」

ぽりぽりと頭をかき、再び高梨の背後に下がったのに、

「いや、ありがとな」

高梨は彼を振り返って笑顔を向けたあと、改めて我関せずとばかりにそっぽを向き続けていた雪下へと視線を戻した。

「喋りとうないんやったら、喋らんでもええ。これから事情を説明がてら、質問させてもらうさかい」

「ノーコメント」

高梨の言葉に被せ、雪下が挑発するようにそう高く叫ぶ。

「雪下！」

むっとした納が怒声を上げるのを振り返って目で制すると、高梨は静かな口調で質問をは

じめた。

「蒼井会の藤村とは面識があったんか？」

「ノーコメント」

「蒼井会について調査していたという話やったけど、会うとった依頼人ちゅうんはその件を依頼した人なんか？」

「ノーコメント」

何を聞こうが『ノーコメント』としか答えない様子の雪下を前に、高梨はこのまま質問を続けても無駄かと思い暫し口を閉ざした。

沈黙のときが取調室に流れる。

「……我々の――僕とサメちゃんの捜査が、藤村殺害とは別件言うたのはな」

雪下の心を開かせるには自ら歩み寄るしかないという決意のもと、高梨は事情を説明し始めた。

「先週、新宿のキャバクラ嬢がホテルPで絞殺された。犯人は蒼井会組長の蒼井和馬だと思われるが、蒼井会のチンピラが自首してきた。藤村は我々にそのチンピラが身代わり自首で、犯人は蒼井組長だという証拠を届けることを約束してくれていた。彼自身、今の蒼井のやり方にはついていかれへんと感じていて、それで密告者になる決意を固めたんや」

高梨の簡潔な説明を、雪下は聞いていているのかいないのか、ずっとそっぽを向いたまま口を閉ざしていた。暖簾《のれん》に腕押しというのはこういう状態を言うのだろうと、高梨は心の中で溜め息をついたが、それでも最後まで説明しようと言葉を続けた。

「その藤村がこのタイミングで殺された、いうんは口封じと見るのが妥当やないかと僕は思ってる。わからへんのはその犯人がお前や、いうお膳立てができとることや。お前と蒼井会の間に何があった？　藤村とはまるで面識がないんか？　お前が蒼井会を追うとった理由はなんやったんや？」

「ノーコメントって言ったろう？」

いつしか熱く問いかけていた高梨も、不意に雪下が自分の方を向き吐き捨てるようにそう告げたのに、うっと言葉に詰まった。

「雪下、てめえっ」

納がまたも怒りを抑えきれなくなったようで、飛び出そうとする。

「サメちゃん、ええて」

すぐにまたふいっと目を逸らせてしまった雪下を前に、高梨はこれ以上何を言おうが、雪下の口を開かせることはできないと悟った。

それゆえ、いきり立つ納を抑えたのだが、納もまた高梨が諦《あきら》めたことを表情から察したらしい。

「いいのかよ」

眉を顰めて問うてきたのに、「ああ」と高梨は笑顔で頷くと、改めて雪下へと向き直り顔を覗《のぞ》き込んだ。

「喋るつもりがない言うんなら、喋らんでもええ。さすがに今の状況では検察も起訴はせえへん思うさかいな。また出直すわ」

そしたらな、と笑う高梨を、雪下はちらと見たあと、すぐまたふいと目線を逸らし挨拶も返さなかった。

「そしたらサメちゃん、行こか」

「……ああ」

納が納得できないという様子ながら頷き、高梨に続いて取調室を出る。

「もうよろしいですか？」

外には宮田らが立っていて、嫌味な口調で高梨に問いかけてきたのに、

「ほんま、ありがとうございました」

高梨は三人に丁重に頭を下げ、納を促して署の出口へと向かった。

「まったく、雪下の野郎何考えてやがるんだか」

署を出て覆面パトカーに乗り込むと、納は憤懣やる方なしといった口調でそう言い、乱暴にハンドルを叩いた。

「車に当たったらあかんよ」

まあまあ、と高梨が助手席から彼を諌める。

「そうは言ってもよ」

「……下手《へた》したら、起訴もあるかもしれんね」

尚もいきりたった納だが、高梨が悩ましげにぼそりとそう告げたのに、ぎょっとしたように彼を振り返った。

「なんだって?」

「……凶器が出とるし、アリバイはない。これで凶器からか現場からか、指紋でも出たら即起訴、いうことになりそうやな」

「確かに……神奈川県警はもう、犯人は雪下以外ありえねえっていう勢いだったしなあ」

ううむと唸った納に「せやね」と相槌を打つ高梨の表情も暗い。

「……どうするよ、高梨」

納の問いに高梨は暫し考えたあと、またも「せやね」と頷きこう告げた。

「現場近辺の聞き込みは神奈川県警に任せて、僕らは『青柳探偵事務所』に行こうやないか」

「青柳探偵事務所……雪下の勤務先か」

どうして、と納は問うたが、高梨の答えに、ああ、と納得した声を上げた。

「雪下がなんの調査をしとったか、聞いてみよう思うてな。まあ、守秘義務や、言われるかもしれへんけど」

「ああ、そうだな。青柳探偵事務所か……また、ミトモにでも調べておいてもらうか」

頷いた納に高梨は「お願いするわ」と笑顔で告げたあと、フロントガラスの向こうへと視線を向けた。

「……まったく、何考えてやがんだろうな」

納がぼつりと呟いたのに、

「せやね」

高梨もまたぼつりと答える。

かつての同僚でもあり友でもある男の無実は納も高梨も信じていたが、その胸中を少しも計れぬことに、やるせなさを感じずにはいられないでいた。

「覆面置いたら、少し飲むか」

納の誘いに、高梨が笑顔で答える。

「ええね」

「そうだ、ミトモの店にでも行ってみるか。情報も聞けるかもしれねえし」

「せやね」

会話があまり弾まないのは、互いの胸に宿るそのやるせなさのせいだとわかるだけに、二人は顔を見合わせ苦笑し合うと、わざと陽気な声で話をはじめた。

「こない夜中に店に押しかけて、ミトモさんの迷惑にならへんやろか」

「大丈夫だろう。深夜過ぎれば混《こ》むだのなんだの言っちゃあいるが、連日満員御礼ってほどは流行《はや》ってねえって話だし、それにあの店は朝の七時閉店だしな」

「朝まで営業か。タフやねえ」

「ああ、あの年にしてあの体力だ。新宿二丁目に巣食うバケモンだな」

「バケモンは酷いやろ」

互いを思いやる陽気な会話が暫し続いたあと、また二人はなんとなく目を見交わし苦笑し合う。

「……ま、すべては明日やね」

「そうだな」

溜め息混じりに告げた高梨の言葉に納が頷いたあと、署に到着するまで車中には沈黙が流れた。

翌日、高梨と納は、情報屋のミトモに教えられた『青柳探偵事務所』を二人して訪れていた。

件《くだん》の探偵事務所は新大久保の、表通りを一本入った路地裏に建つ、今にも崩れ落ちそうなボロビルの三階にあった。ミトモの話によると、経営者は青柳藍《あい》という三十代半ばの男で、雇用している調査員は今のところ雪下のみ、他はアルバイトの学生が一人いるだけという、ミトモ曰《いわ》く『吹けば飛ぶような』探偵事務所であるという。

「別にヤバいことはやってないそうよ」

青柳探偵事務所の名はミトモにとって初耳だったらしいのだが、そのことに彼——だか彼女だか——は非常にショックを受けていた。

「おかしいわねえ。探偵事務所だったら、どんな小さな店でもアタシの耳に入ってくるはずなんだけど」

情報屋と探偵事務所は調査がバッティングすることも多く、互いの評判はすぐ互いに知れることになるという。知人を辿《たど》ってようやく情報を手にしたところ、開所して既に五年近い年月が経っているというのにまるで存在を知らなかった、とミトモは衝撃を受けていたが、人づてに聞いた青柳探偵事務所の評判には良きにつけ悪《あ》しきにつけ、目立ったものはないということだった。

自分が知らなかったがゆえに『吹けば飛ぶような』などという悪態をついたのだろうが、実際その『青柳探偵事務所』を訪れてみて、その外観のみすぼらしさに、彼の比喩《ひゆ》は誤っていなかったかもしれないと思いつつ、高梨と納はボロビルの階段を上った。

「失礼します」

ドアをノックし、中に足を踏み入れた途端、

「いらっしゃいませ!! ご依頼でしょうかっ!!」

ファミレスかファストフード店、もしくは某居酒屋チェーンのような元気のいい声に迎え入れられ、高梨と納は一瞬唖然《あぜん》としてその場に立ちつくしてしまった。

「こちらへどうぞ！」

二人に満面の笑みを向けてきたのは、ミトモ調査によるとどうもアルバイトの大学生らしい。体育会系と思しき短髪の、目がくりっとした童顔はなかなかに可愛かったが、着用しているTシャツの胸は筋肉に盛り上がり、ジーンズの太股《ふともも》もまたはち切れんばかりの筋肉を誇っていた。

ボディビルダーというよりは、体操か水泳の選手という雰囲気の若者の元気のよさにすっかり腰が引けてしまっていた高梨だったが、すぐ我に返るとポケットから警察手帳を取り出し、推定水泳選手に示した。

「警視庁の高梨と言います。青柳所長はいらっしゃいますか？」

「け、警察？？」

警察手帳を前に、彼は素《す》っ頓狂《とんきょう》な声を上げたかと思うと、脱兎《だっと》のごとき勢いで事務所の奥に通じるドアへと向かおうとした。

「おい」

慌てて納があとを追おうとしたのに、

「ちょっと待ってください!!　今、所長を呼んできます!!」

水泳選手は振り返ってそう叫ぶと、「先生、先生!」と声を張り上げドアから出ていってしまった。

「……大丈夫かよ」

「……さあ」

嵐のような一連の出来事に、納と高梨、二人して顔を見合わせていると、やがて水泳選手の出ていったドアが開き、一人の男が登場した。

「警察の方が私にご用だそうで」

眠そうな顔をしながらも、笑顔を向けてきた男の姿に、高梨も納も、再び啞然と立ちつくすことになった。

『私』というからには、彼こそがこの『青柳探偵事務所』の所長に違いないのだが、現れた男はどう見ても——寝起きのホストとしかいいようのない姿をしていた。

顔立ちは非常に整っているが、どこか『夜』を感じさせる雰囲気は、彼が身に纏《まと》っている紫色のガウンのせいかもしれない。ガウンの下はシルクと思われる寝間着姿で、今の今まで彼が寝ていたことを物語っていた。

髪型もまた探偵というよりはホストのようで、長めの髪をオールバックにしており、片耳にはピアスが光っている。

背が高く、細身ですらりとした姿のいい男である。先ほどの水泳選手と思しき助手とは対照的だなと思いつつ、高梨は彼にも手帳を示し名を告げた。

「警視庁の高梨と申します。お休みのところ申し訳ないのですが、少々お話を伺いたいのですが」

「ほお、その若さで警視ですか。キャリアでいらっしゃると見える」

青柳は興味深そうに示された手帳を見ていたが、やがて視線を高梨に向けるとにっこりと目を細めて微笑んで寄越した。

「初めまして。青柳藍と申します。警察に事情を聞かれるような覚えはまるでありませんが、答えられることならなんでもお答えしましょう」

まさにホストと見紛《みまが》う華麗な笑みを浮かべた青柳は、後ろでおろおろと立ちつくしていた水泳選手を振り返った。

「高太郎《こうたろう》、ぼやぼやしてないで珈琲でも淹《い》れないか」

「す、すみませんっ」

まさに体育会系ともいうべき厳しい声を上げた青柳に、高太郎と呼ばれた水泳選手——もとい、彼の助手が飛び上がり、事務所奥のドアへと消えていく。

「若者は気がきかなくていけません。さあ、どうぞ」

またもホストばりの華麗な笑顔を浮かべ、高梨と納を来客用の応接セットへと導いた青柳は、二人がソファに腰を下ろすと「それで？」と話を振った。

「何をお聞きになりたいと？」

「こちらで調査員をしている雪下聡一さんについてなんですが」

「雪下君が？」

青柳は意外そうに目を見開いたが、続く高梨の言葉に彼の目は更に見開かれることになった。

「昨日逮捕されました。蒼井会の若頭、藤村の殺人容疑です」

「なんですって？」

そんな馬鹿な、と青柳が驚愕《きょうがく》の声を上げたとき、

「失礼します！」

元気のいい声が室内に響き、高太郎という助手が珈琲カップの載った盆を手に再び室内に入ってきた。

「ここはいいから。お前は下がってなさい」

不器用そうな手つきで珈琲をサーブしようとする高太郎の手から青柳が盆を取り上げ、まるで犬でも叱りつけるような厳しい口調でそう言い捨てる。

「申し訳ありませんっ」

高太郎は筋肉質の身体を小さくして詫びると、またも脱兎のごとき勢いで部屋の隅へと移動していった。

「失礼しました。あのくらい言ってやらないと学習しませんものでね」

優雅な仕草で珈琲カップを高梨と納、それに自分の前に置いたあと、青柳がにっこりとまた、ホスト張りの笑みを向けてくる。

「いえ……」

そこまで言われる助手は気の毒だと思いながら高梨は相槌を打つと、話を雪下に戻すべく再び口を開いた。

「神奈川県警が雪下を逮捕した経緯については、捜査上申し上げられないのですが、雪下が犯人とはどうしても思えませんで……それで、お話を伺いに上がったのです。雪下は蒼井会のことを調べていたということですが、依頼内容はどんなものだったのか、それから依頼人は誰なのか——それを教えては貰えないでしょうか」

「うーん、それは難しいですね」

青柳は真剣な顔で高梨の話を聞いていたが、快く頷きはしなかった。

「難しいと仰《おっしゃ》いますと？」

高梨が身を乗り出し、青柳の顔を覗き込む。

「ご存じでしょうが、探偵には守秘義務があります。まあこれで、雪下君が起訴されるようなことになったら依頼主の名を明かさないでもないですが、今のところはちょっとお答えしかねますね」

涼しい顔でそう言い、珈琲を啜《すす》った青柳の気を変えさせようと、高梨は尚も粘った。

「守秘義務については重々承知していますが、起訴されてからでは遅いのです。真犯人逮捕のためにも一日も早く雪下への疑いを晴らしたい。わかってはいただけませんでしょうか」

「真犯人はもう、わかりきっているんでしょう？　雪下の無実を証明するより前にそちらを探ればいいだけのことじゃあ」

いくら高梨が熱く訴えかけようが、暖簾に腕押しとばかりに青柳はさらっと答える。あまりにさらっとしすぎていて、聞き咎《とが》めるべき言葉があったことに気づくのが遅れたが、彼は一体何を知っているのだと慌てて高梨が言葉を挟んだ。

「ちょっと待ってください。青柳さん、あなた、真犯人が誰だかわかってらっしゃるんですか」

「そりゃ当然でしょう。私は探偵ですから」

はっは、と笑った青柳が、ずい、と身を乗り出し、高梨の目を覗き込む。

「高梨警視、あなたが考えている人物ですよ。真犯人と思しき人間がいるからあなたは、雪下の無実を信じているんでしょう？」

「…………」

はったりか、はたまた自分から話を聞き出そうとしているのか、それとも実際真犯人を知ってはいるが、敢えて口にしないのか――どれもあり得るなと高梨は、にやりと笑いかけてきた青柳の目を見返した。

単にからかっているだけという見解も捨てきれない、と抜け目のなさそうな彼の目が笑っていることに気づいた高梨が心の中で肩を竦めたと同時に、青柳がすっと身体を引き高く足を組んだ。

「そういったわけで、大変申し訳ないがご協力は致しかねます。どうかご理解いただきたい」

「てめえ、ふざけてんじゃねえか？」

高梨の隣で納が怒声を張り上げたのは、青柳のこの態度を『からかっている』ととった為だと思われた。立ち上がり、胸ぐらを摑まんばかりの勢いの彼を、高梨が「サメちゃん、落ち着きや」と抑えている間に、高太郎という童顔でいながらなかなか逞しい身体つきをした若者が青柳の傍らに駆け寄り、納を睨み付けてくる。

「ふざけてなどおりませんよ。雪下が証言を依頼してきた場合は勿論、なんでもお話しさせていただきます。さあ、どうぞお引き取りください」

「何を？」

「サメちゃん、やめとき」

いきり立つ納を高梨は抑えると、悠然と微笑む青柳と、相変わらず凶悪な目で二人を睨み付けていた高太郎を見やった。

「わかりました。出直しましょう」

「何度いらしても同じですがね」

今度は百パーセント挑発に違いない言葉を口にし、青柳がにっこりと微笑んだあとソファから立ち上がる。

「お気持ちが変わられることを祈ってます」

高梨もまたにっこり笑って答えると「行くで」と納を促し立ち上がった。

「まったく、なんだってああも簡単に引き下がるかよ」

青柳探偵事務所を出ると、怒り収まらずといった感の納はその怒りの矛先を高梨へと向けてきた。

「なんや今回、僕はサメちゃんの宥《なだ》め役に回っとる、思わへん？」

高梨が苦笑しながらもまた、まあまあ、と納の肩を叩く。

「あの青柳、ただの探偵ちゃうな。ミトモさんによう調べてもらったほうがええかもしれん」

「え？」

高梨の意外な指摘に納の憤りも覚めたらしく「どういうことだ？」と問い返してきたのに、

「一筋縄ではいかん男や。相当の切れ者やないかと思うのに、少しも評判になっとらんのにはなんぞ理由があるんちゃうかな、思うてな」

高梨はそう答えると、「なるほど」と頷いた納に「せやろ」と笑いかけた。

「まあ、奴が何者《なにもん》であるにせよ、口を割らせるのは難しいんやないかと思うわ。それより地道に現場近くの聞き込みをしたほうがええ。それこそ『真犯人』の目撃情報を得るためにもな」

「真犯人か……」

納がううむ、と唸ったのは、青柳の言葉を思い出したためらしい。

「確かに一筋縄じゃあいかねえな」

気を引き締めていかんと、と納が拳を握りしめたのに、

「せやろ」

高梨も頷き返すと、二人はその足で桜木町の現場へと向かい、数時間にも亘《わた》る聞き込みに精を出したのだったが、二人の望むような『真犯人』の――蒼井会関係者の目撃証言を得ることはかなわなかった。

夕方六時過ぎ、高梨と納は神奈川県警に一度顔を出したのだが、現場周辺で事件当夜の雪下の目撃情報を求めるという県警の刑事たちの聞き込みも不発に終わったとのことだった。

にもかかわらず既に送致の手続きを取ったという県警の措置に、高梨と納は驚きの声を上げた。

「雪下は自白したんですか？」

逮捕後まだ四十八時間経ってないのに、と確認を取った高梨に、宮田が「いえ」と首を横に振る。

「凶器のナイフという証拠があるのだからというんですが、いや、正直な話、自分も意外です」

宮田は周囲を窺《うかが》うと、こそこそと声を潜め高梨らにこんなことを言い出した。

「現場周辺の聞き込みで、雪下の姿が確認できたというわけでもなく、彼から自白も取れてない、それなのにこのタイミングで送致というのには我々も驚いたんですが、本件、上がなぜかえらく自信を持ってましてね。押せ押せでくるものですから、仕方なく、というのが実情です」

「上？」

「それ、立石副部長じゃないですか？」

高梨と納、同時に口を開いたのに、宮田が驚いた顔になる。

「なんで立石副部長だと？」

「それは……」

「いや、単に知ってる名前を挙げただけですわ」

納が答えようとした横から高梨はすかさず言葉を挟むと、

「で、どうなんです？」

と逆に宮田に問い返した。

「いやあ、正直我々下《した》っ端《ぱ》には誰がごり押ししてるのかまではわかりません。立石副部長もまあ、昨日の様子からすると相当送致には乗り気ではありましたが。おそらくマスコミ対策なんでしょう」

「マスコミ？」

肩を竦める宮田に、どういうことだと高梨は問い返そうとして、次の瞬間に答えを察した。

「ああ、雪下がもと刑事だからですか」

「ええ、騒がれる前に片付けたかったんでしょうが、こうも急がれるとなんとも不安ですよ」

宮田はやれやれ、というように頷いてみせたあと、「ここだけの話にしてくださいよ」と高梨と納に釘を刺した。

「わかってますがな。事情をお話いただけて助かりましたわ」

高梨が苦笑したのに、宮田が照れた顔になる。

「昨日の剣幕はどうした、とおっしゃりたい気持ちはわかります。昨夜は頭に血が上ってましたもので、真っ向から反発してしまったんですが、例の高梨さんの指摘、あれがあとからどうも気になりましてね」

「凶器の件ですか？」

高梨の問いに、宮田が「ええ」と大きく頷く。

「確かにビニールに入れた凶器を室内に持ち込まなかったのは不自然だと思いました。まあ言い訳にもなりませんが、あの場での雪下の態度が酷く喧嘩腰といいますか、頑《かたく》なでしてね。怪しいと思い込んでしまったんです」

お恥ずかしい話です、とぽりぽりと頭をかく宮田に、高梨は「いや」と笑顔を向けた。

「確かに雪下の態度は頑なでしたな。昨夜僕らもやられましたわ。おそらく何かを隠しとるんやないかとは思うんですが、殺人ではないような気がします」

「……僕はそこまでは思わないんですが、気になることは確かです」

さすがに直属の上司の見解を否定することはできなかったようで、宮田が言葉を選んで相槌を打つのに高梨は思わず苦笑したあと、

「そしたら僕らはこれからもう一度、現場周辺の聞き込みに行ってきますわ」

そう言って彼の肩を叩き傍を離れた。

「どう思うよ、高梨」

廊下を歩きながら、納が高梨の顔を覗き込む。

「わけわからんな。マスコミ対策いうたかて、雪下は警察クビになってもう五年も経っとるもんを今更、もと警官て叩かれることもないやろし」

うーん、と考えながら高梨が答えたそのとき、二人は同時に前方から歩いてくる若い女性に気づいた。

「あ」

「あれ」

高梨と納、同時に声を上げたのに、

「あ、高梨さん！　それに納さん！」

女性もまた二人の名を明るく呼ぶと、満面の笑みを浮かべ駆け寄ってきた。

「どうも、ご無沙汰しています」

年の頃は二十二、三の、ぱっと人目を惹く美人である。毛先だけゆるく巻いた髪型や、コンサバティブな服装から、いかにも育ちのいいお嬢さんという雰囲気を醸し出している彼女と高梨、それに納は面識があった。

「結香《ゆか》ちゃん、えらい久しぶりやなあ。すっかり大きくなって」

「大きくなったって、酷いわ。綺麗になったくらい言ってくれないと」

懐かしげに目を細めた高梨を、その見るからにお嬢さんという美女が、ふざけて軽く睨む真似をする。

「かんにん。せやね、綺麗になったわ。セーラー服着とったあのお下げの可愛子ちゃんが、こないな美人になるなんてなあ」

「やだ、冗談ですって。高梨さん、相変わらず口が上手《うま》いんだから」

明るく笑い、パシ、と高梨の腕のあたりを叩いた彼女の名は立石結香——現神奈川県警刑事部副部長でありかつては高梨らの上司であった、立石の一人娘だった。

今時の若い女性らしい、物怖《ものお》じも屈託も感じさせない明るい笑顔に、高梨の頬も緩む。

「いや、本心やで。ほんま綺麗になったわ」

「あんまり何度も言われると、かえって信憑性ないですよ」

あはは、と結香は笑ったあと、高梨の横に立つ納にも明るい笑顔を向けた。

「納さんもお久しぶりです。お二人ともあの頃と全然変わらないですねえ」

「どうも、ご無沙汰してます」

フレンドリーなことこの上ない結香に対し、納は硬い表情で頭を下げ、なんとなく会話が立ち消えた。

「あ、呼び止めたりしてごめんなさい。今日は父と外出なんですけど、その前に刑事部長さんにご挨拶をと、それでこちらに伺ったんです」

何か喋らなければと思ったらしく、聞いてもいないうちから結香がこの場にいる事情を説明し始めたのに、相変わらずむすっとして答えない納の代わりに高梨が会話の続きを引き受けた。

「刑事部長に挨拶て、なんぞあったん？」

「ええ、実は今度結婚するんですけど、披露宴にご出席いただくもので、そのご挨拶に」

「そら、めでたいな。おめでとう」

高梨が知る結香は、それこそ『セーラー服着とったお下げの可愛子ちゃん』だったが、その彼女が結婚か、という驚きと祝福の気持ちを込めて高梨が告げた言葉に、

「ありがとうございます」

照れくさそうにしながらも、嬉《うれ》しさを隠しきれないという表情の結香が輝くばかりの笑みを浮かべる。

「お相手は？　部長が出るいうことはまさか、警察関係者かな？」

「いいえ。議員秘書なんです。それで披露宴がなんだか物凄《ものすご》い大がかりなものになっちゃって、私側の主賓で刑事部長に来ていただくことになったんです」

結香もそこまで詳しい事情を説明する気はなかったと思われるが、高梨には対話する人間の心を和ませる独特の雰囲気があり、彼を前にすると皆口が滑《なめ》らかになるのである。

「大がかり、いうことはもしかしてその秘書さん、代議士のジュニアやないの？」

「ええ、そうなんですよ。坂井健三《さかいけんぞう》議員……ご存じですか？」

「知らん人のほうが少ないいんちゃうか」

高梨の相槌は決しておべんちゃらではなかった。かつて入閣したこともある著名な議員の息子との挙式であればさぞ『大がかり』だろうと思いながら、高梨が結香に再び祝福の言葉を述べようとしたそのとき、

「結香、来てたのか」

背後から聞き覚えのある声が響いたと同時に、

「あ、お父さん！」

ぱっと笑顔になった結香が手を振ったのに、高梨と納、二人して振り返り結香の父を――立石副部長を迎えた。

「いつまでも上がってこないから何をしていたかと思えば」

諫めるようなことを言いながらも、立石の顔には優しげな笑みが浮かんでいる。

「ごめんなさい。だってあんまり懐かしかったものだから」

ぺろりと舌を出したあと父親の方へと駆け寄っていった結香は、高梨と納に向かい改めてぺこりと頭を下げた。

「お呼び止めしてしまってすみませんでした」

「いや、僕らのほうが呼び止めたんやから」

高梨がそんな彼女に笑顔を向けたあと、改めて立石に向かい軽く頭を下げる。

「ご結婚だそうで。おめでとうございます」

「ああ、聞いたのか。若すぎるとは思ったんだが、まあ、本人が決めたなら仕方がないかと諦めてるよ」

口ではそう言っていたが、立石の顔も喜びと幸福に輝いており、娘の結婚を彼がいかに喜んでいるかを高梨に伝えていた。

「部長が待ってる。さあ、行こう」

それでは、と立石が結香の背に腕を回し、もときた道を引き返してゆく。

「それじゃ、高梨さん、納さん、また」

失礼します、と結香が肩越しに振り返り頭を下げたのに、

「お幸せに」

元気に手を振り答えたのは高梨だけで、納はぶすっとしたままただ頭を下げただけだった。

「サメちゃん、結香ちゃんに罪はないやろ」

二人の後ろ姿が見えなくなったあと、高梨が納の態度を諫めると、

「そうじゃねえよ。高梨、お前覚えてないか?」

逆に納がじろりと高梨を睨み上げてきた。

「なに？」

「結香ちゃんの初恋の相手、雪下だったろ」

「あ」

納の言葉に、高梨がはっとした顔になる。

「雪下がクビになったあと、新宿署でわんわん泣いてただろうが」

当時高校生だった結香は、泊まりがけの捜査になるたびに父親に着替えや差し入れをよく届けにきていた。

物怖じをしない明るい性格は昔から変わらず、新宿署の刑事たち皆の人気者だった。可愛い女子高生相手にやに下がる刑事が多い中、雪下は屈託なく彼女が話しかけても、無視こそしないが無愛想に対応していたのだが、そんな彼に結香は密かな恋心を抱いていたらしい。

それがわかったのは、雪下の懲戒免職が決まったあとで、彼が辞めた数日後、噂を聞いた結香は新宿署にやってきて父親の前で「ひどい」と号泣したのだった。

その後結香はぷつりと新宿署に現れなくなり、刑事たちは彼女があああも足繁く通ってきたその目的が雪下にあったことを知ったのだが、当時雪下の懲戒免職に対する自責の念に駆られていた高梨ゆえ、そのことをうっかり失念していたのだった。

「……そない言うたらそうやったね」

そう言い、既に見えなくなった結香を振り返った高梨の横で、

「知ったらショックだろうなあ」

納もまた同じように後ろを振り返り、はあ、と溜め息を漏らす。

心優しい新宿サメ——鮫というよりも愛嬌のあるその顔は熊に似ているというもっぱらの評判であるのだが——が結香との会話を避けていたのは、親しく会話を交わすうちに雪下のことを自分が漏らすのを恐れたためだったと高梨は察し、彼の背をトン、と叩いた。

「……サメちゃんはほんま、ええ奴やね」

「いきなり何言い出すんだよ」

まったく、と悪態をついた納の頬《ほお》が紅《あか》く染まっている。照れるナイスガイの背を高梨は再びトンと叩くと、

「そしたら、行くか」

現場百回、とばかりに殺害現場となったカラオケ店近辺への聞き込みへと再び向かうべく、笑顔を向けたのだった。

4

高梨と納はその後、殺害現場となったカラオケ店周辺で聞き込みを続けたが、雪下どころか、殺された藤村の姿を見たという情報すら得ることができなかった。

ただ、そのカラオケ店を管理している不動産屋に蒼井会の息がかかっている確認が取れたために、その足で新宿は歌舞伎町にある蒼井会の組事務所に話を聞きにいったのだが、逆に「いつ若頭の遺体を返してくれるのか」と若い衆に詰め寄られ、話らしい話は聞けずに退散することとなった。

明日また、桜木町で藤村や彼を殺したと思しき『真犯人』の——おそらく蒼井会の人間と思われるが——目撃情報を求め、聞き込みを続けようということで納と別れ高梨は帰路についた。

アパートに到着したとき、時刻は午前零時を回っていたが、見上げた田宮の部屋に灯《あか》りがついていることが高梨の心を温かくした。

一緒に暮らし始めて二年近い歳月が流れているため、高梨も勿論合い鍵は持っているのだが、田宮が部屋にいるときにはドアチャイムを鳴らしてしまう。

「はーい」

今日もまた高梨はドアチャイムを鳴らしたのだが、それはドアの向こうから田宮の声が響き、ぱたぱたと駆け寄ってくる足音が聞こえてくるのにえもいわれぬ幸福を感じるためだった。

「ごろちゃん、僕や」

「良平？」

ドア越しに声をかけると、驚いた声と共にドアが開き、まだスーツ姿のままだった田宮が高梨の首に縋《すが》り付いてきた。

「おかえり」

「ただいま」

ぎゅっと互いの身体を抱き締め合ったあと、身体を離しくちづけを交わす。恒例の『ただいま&おかえりのキス』である。

「ん……っ」

縋り付いてくる田宮の背を高梨は改めて抱き締めると、その手を背から下ろしていき彼の小さな尻をきゅっと摑んだ。

「やっ……」

布越しに指先でぐりっとそこを抉ったのに、高梨の腕の中で田宮が微《かす》かに声を漏らし、び

くん、と身体を震わせる。合わせた唇から漏れる少し掠《かす》れたその声を聞いただけで高梨の雄には熱が籠《こ》もり、急速にその形を成していった。

「……誰かに見られるよ」

太股にあたる感触でそれを感じた田宮が、微かに身を捩って身体を離し、ぼそりとそう告げてくる。

「人目は気にならんけど、まあ、玄関先ではやることに限界があるしな」

「……馬鹿じゃないか」

にっと笑った高梨が唇をぶつけるようなキスをしたのに、田宮がじろりと彼を睨み悪態をつく。だがその瞳は酷く潤んでいて、既に彼の身体が内から欲情に焼かれている状態であることを物語っていた。

「あかん……反則や」

「ええ？」

田宮の瞳の中に立ち上る欲情の焔《ほのお》を認めた瞬間、高梨の中でなけなしの理性がぷつりと音を立てて切れ、いきなりその場で彼は田宮を抱き上げると、靴を脱ぐのももどかしい様子で部屋へと上がった。

「良平、鍵！」

田宮に言われて仕方なく靴下のまま玄関に降り、鍵をかけると、その時間も惜しいというような勢いで部屋の奥へと進み、田宮の身体をベッドへとそっと下ろした。

「一体どうしたって……っ」

性急という言葉では追いつかないほどの性急さに戸惑いの声を上げた田宮の唇を、彼に覆い被さっていった高梨の唇が塞ぐ。

痛いほどに舌を絡める高梨の情熱的なキスに、田宮の身を焼く欲情もより煽《あお》られたようで、唇を合わせたまま自らスーツの、そしてシャツのボタンを外し始めた。

「……脱ごか」

すぐに気づいた高梨が唇を離し、身体を起こして手早く服を脱ぎ捨て始めた。田宮もまたベッドの上で起き上がり、高梨に負けじとぱっぱっと服を脱ぎ捨てていく。

あっという間に二人して全裸になると、なんとなく顔を見合わせて微笑みあったあと、固く抱き合いベッドにもつれるようにして倒れ込んでいった。

「やっ……あっ……」

高梨の掌が田宮の裸の胸をまさぐり、ぷっくらと勃《た》ち上がった胸の突起をきゅっと摘《つま》み上げたのに、田宮が堪《こら》えきれない声を漏らす。艶やかなその声に高梨の欲情は更に煽られ、むしゃぶりつくように田宮の胸に顔を埋め愛撫《あいぶ》し始めた。

「やっ……あぁっ……あっ……」

紅色に色づく田宮の胸の突起を舐《ねぶ》り、強く吸い上げ、ときに軽く歯を立てる。痛いほどの刺激には特に田宮は弱く、コリ、と乳首を嚙《か》んだときに彼の身体は大きく仰け反り、二人の身体の間で彼の雄がびくびくと震えては、先走りの液を互いの腹に擦《こす》りつけた。

「……ごろちゃん……」

高梨の雄もまた勃ちきり、熱いその感触を田宮の腿《もも》のあたりに伝えていた。欲情に掠れた声で高梨が名を呟き身体を起こしたのに、彼の——そして己の求める行為を察した田宮が自ら大きく脚を開き、両膝《ひざ》を立てる。

「……ええなあ」

最近ようやく田宮はこうして、閨《ねや》で積極的な動きを見せるようになった。以前は灯りがついていることを恥じらい、高梨の愛撫に感じる自分を恥じらっていた彼はそれこそ、己の希望を伝えることなどとてもできずにいたのだが、日々肌を重ねるうちに彼の羞恥《しゅうち》も少しずつ薄れてきたようだ。それでもやはり恥じらいは忘れることができずに頰を染めた顔を伏せ目を上げることはない。

そんな『色香漂う新妻』ともいうべき田宮の姿に、高梨の興奮は更に煽られ、田宮の両脚を抱え上げると堪らずそこに顔を埋《うず》めた。

「……やっ……あっ……あっ……」

両手で広げたそこに舌を挿入し、入り口を甘嚙みする愛撫に、田宮は身悶《みもだ》え、彼の口からは堪えきれない声が漏れ始めた。

「あっ……もうっ……もうっ……」

指で、舌で、ときに歯で、唇で、丹念すぎるほどに後ろを愛撫する高梨の耳に、切羽詰まった田宮の声が響く。

「……っ」

同時に髪に引《ひ》き攣《つ》る痛みを覚え顔を上げると、おそらく無意識なのだろう、田宮が両手で高梨の髪をぎゅっと握っている姿が目に飛び込んできた。

いやいやをするように目を閉じ首を横に振る、欲情に呑み込まれている田宮の姿は高梨の欲情をも煽り立て、高梨の雄がまた一段と硬さを増す。

「挿《い》れてもええ？」

高梨の声に我に返ったのか、田宮がはっとした顔になり、慌てて彼の髪を離した。

「ご、ごめん……」

自分が快楽に我を忘れていたことを悟り、田宮の顔がみるみるうちに赤らんでゆく。もしや自分はこんな、羞恥に身を焼く田宮の顔を見たいがために、わざわざ声をかけたのかもしれないという思いが、高梨の胸を過《よ》ぎった。

加虐の心は持ち合わせていないと思っていたが、羞恥を堪え俯《うつむ》くいたいけな田宮の顔に、酷く興奮している自分に苦笑しつつ、高梨は身体を起こすと改めて田宮の両脚を抱え上げる。

「いくで」

「あ……っ」

狭道を高梨の太い雄が勢いよく出入りする刺激に、田宮の背はまた大きく仰け反り、高い声が唇から零れた。

「あっ……はぁっ……あっ……」

いつしか互いの下肢がぶつかるのにパンパンという高い音が立つほど勢いよく腰を打ち付けていた高梨の身体の下では、快楽に耐えきれぬように田宮が高く喘《あえ》ぎ、身を捩る。

「あっ……あぁっ……あっあっあっ」

田宮の息遣いが速くなり、きっと無意識の所作であろう、激しく首を横に振るさまを見て、高梨は田宮の限界が近いことを察し、既に勃ちきっていた彼の雄を握ると一気に扱き上げてやった。

「あぁっ……」

一段と高い声を上げ田宮が達したのとほぼ同時に、

「……っ」

高梨も田宮の中で達し、これでもかというほど精を吐き出してしまった。

「ん……」

精液の重さを感じたのか、田宮が微かな声を上げ、悩ましげに腰を捩ってみせる。

「……堪《たま》らんね」

ぞく、と高梨の胸が妖《あや》しく騒ぎ、まだ田宮の中に収めたままになっていた彼の雄が、どくん、と大きく脈打った。

「……え……」

はあはあと息を乱していた田宮が、その感触に気づいたのか、愕然《がくぜん》とした顔になり高梨を真っ直ぐ見上げてくる。

「……もうちょっと休んだら、もう一回、ええ？」

「……う、うん……」

己の問いに、ぎょっとしたような顔になりながらも、笑顔でこくりと首を縦に振る田宮に高梨の欲情はますます煽られ、その夜も随分遅くまで彼は、愛しい『新妻』の身体を貪《むさぼ》り続けた。

「かんにん、大丈夫か？」

攻め立て続けたせいで、最後は気を失ってしまった田宮に、慌てて水を運んで飲ませた高梨に、田宮は気丈にも『大丈夫』と頷き笑顔を向けて寄越した

「ほんま、かんにん。もっとセーブせな、とは思うんよ」

「大丈夫だって」

大きな身体を折りたたむようにして謝る高梨を心配させまいというのだろう、田宮は無理をして起き上がり、手を伸ばして高梨の肩を叩いた。

「ごろちゃん」

「良平こそ、昨夜も遅かったじゃないか。身体、きつくないか？」

逆に高梨の体調を慮《おもんぱか》る田宮の優しさに触れ、高梨の胸になんともいえない温かい想いが広がってゆく。

「……大丈夫や」

にこやかに頷いた高梨も、続く鋭い洞察力を見せる田宮の言葉には、思わず絶句してしまった。

「事件、大変なのか？　良平なんかちょっと余裕ないみたいだけど」

「…………」

「あ、ごめん。余計なこと言って」

高梨が言葉を失ったのを、田宮はそう解釈したらしく、慌てた様子で謝ってきた。

「ちゃう、ちゃうで。ごろちゃん、鋭いなあ、思うただけや」

今度は高梨が慌てて田宮の前で首を横に振ってみせる。

「あんまり詳しいこと、喋れへんのやけど、今回の事件に雪下が絡んどってな」

「雪下さんが？」

田宮が驚きの声を上げたあと、心配そうに眉を顰めたのは、彼が雪下と高梨のかかわりや今の状況を知っていたためだった。

「一体どういう……」

知っているだけに気になったのか、高梨に問いを重ねようとした田宮は、はっと我に返った顔になった。

「ごめん、つい……」

「ええよ、この話を始めたのは僕なんやし」

気にせんでええ、と高梨は田宮に微笑むと、雪下が今、事件の容疑者になっているという話をぽつぽつ語った。

「犯人なんかやないことは勿論わかっとるんやけど、一体彼は何を隠しているのか――雪下にそれをなんとか打ち明けてもらえないかと思うとるんやけど、なかなかな」

苦笑する高梨に、田宮がゆっくりと頷いてみせる。

「大丈夫だよ。きっと良平の気持ちは雪下さんにも伝わると思う」

「……ごろちゃん」

きっぱりとそう言い、もう一度大きく頷いてみせた田宮が、にこ、と高梨に微笑みかけてくる。

「絶対、大丈夫だから。だって雪下さんは、良平の大事な友達じゃないか」

大丈夫——同じ言葉を他の人間に言われたとしたら、高梨は逆に『安易なことを言うな』と反発したかもしれない。

田宮にもその思いはあるだろうに、敢えて『大丈夫』と言い切るのはおそらく、友を信じながらも心を開いて貰えぬことに落ち込んでいる自分を元気づけようとしてくれたためだろう。

「大丈夫だから」

己の不安を吹き飛ばそうと、何度も『大丈夫』と繰り返し頷いてみせる田宮に、高梨の胸には熱い想いが広がってゆく。

「……ごろちゃん……」

ありがとな、と高梨が田宮の額に、唇を押し当てる。田宮が『大丈夫』と言うのであれば必ず大丈夫に違いないと、そのとき高梨は心の底から思うことができていた。


翌朝、高梨は納からの電話に起こされた。

『高梨、大変だ！　今ミトモから連絡があったんだが、今朝のテレビで雪下逮捕のニュースが各局流れるそうだ。新聞報道は今日の夕刊から。週刊誌もこぞって記事を書く準備をしてるらしいぞ』

「なんやて？」

どういうことだ、と驚きながらも高梨がスイッチを入れたテレビではちょうど、そのニュースが流れるところだった。

「サメちゃん、もうやっとるわ」

『何を？　俺も見る』

高梨は電話を切ることなく、食い入るようにテレビ画面を見始めた。

『二十一日深夜、桜木町のもとカラオケ店だった建物の中から、男の死体が発見されました。殺されていたのは暴力団「蒼井会」の若頭、藤村和人《かずひと》五十二歳で、神奈川県警は近くに住む調査会社勤務雪下聡一を緊急逮捕、送致の手続きを取りました。雪下は五年前新宿署を懲戒免職になったもと警察官で……』

「……これは……」

どういうことだ、と高梨は支度を整えると、田宮が慌てて朝食を用意しようとするのを「かんにん」と断り、すぐに家を飛び出した。

まずは神奈川県警にと向かうと、署の前にはマスコミが押しかけ、物凄い騒ぎになっている。レポーターたちが口々にカメラに向かってコメントをしているのを押し分け入ることを躊躇《ためら》い、高梨は踵《きびす》を返すとそのまま警視庁へと向かった。

「高梨、一体どうなってるんだ」

高梨が捜査一課へと足を踏み入れた途端、上司である金岡《かなおか》課長が血相を変えて駆け寄ってきた。

「まったくわかりません。今神奈川県警の前まで行きはしたんですが、マスコミが押しかけ大変な騒ぎになっていました」

「各メディアが騒ぐのは、このところの警察不祥事にかこつけてのことだろう。しかし雪下の経歴を知るのはそれこそ警察関係者じゃないかと思うが、まさか身内の密告《タレコミ》ではあるまいな」

ううん、と金岡が唸るのに、高梨もまた難しい顔をして頷いたそのとき、

「警視、今、受付に面会希望の女性がいらしてるそうなんですが」

その受付から電話を取り次いだらしい竹中が受話器を押さえながら声をかけてきた。

「面会？　マスコミか？」

金岡が厳しい声を上げたのに、竹中が「違うようです」と首を横に振る。

「立石結香さんという女性だそうです。お知り合いですか？」

「立石？」

思いもかけない来訪者の名に、高梨が驚きの声を上げる。

「高梨、誰なんだ？　その若い女性っていうのは」

「まさか浮気……ってわけじゃないですよね」

金岡が真剣な顔で問う横で、山田《やまだ》という若手が茶々を入れたのに、

「馬鹿者」

今はふざけているときかと金岡が彼の頭を叩いた。

「神奈川県警刑事部の立石副部長のお嬢さんです。なんやろ」

まあまあ、と高梨が金岡を宥めながら、面会女性が誰かを説明する。

「立石副部長のお嬢さんが一体なんの用なんだ？」

「さあ……わかりませんが、ちょっと行ってきますわ」

不思議そうな顔をする金岡に、同じく不思議に思いながらも高梨はそう頭を下げ、竹中に「これから行く、言うといて」と受付への伝言を頼み部屋を飛び出した。

「あ、高梨さん」

高梨が受付に降りていくと、心細そうに佇《たたず》んでいた結香がほっとした顔になり、駆け寄ってきた。

「どないしはったん？　面会やなんて」

「テレビのニュースで見てびっくりしてしまって。あの、お話したいことがあるんですけど」

結香の顔は酷く青ざめ、彼女が相当思い詰めている様子を物語っていた。

『テレビのニュース』ということはおそらく雪下の件だろうと高梨は察しはしたが、彼女が何を話そうとしているのかその内容までは予測がつかず、戸惑いながらも顔には微笑みを浮かべ、結香に問いかけた。

「警察内の会議室では落ち着かへんやろ。外の喫茶店にでも行こか」

「いえ、あまり人に聞かれたくない話なので、よかったら会議室で……」

青ざめた顔のままそう言う彼女に尋常ではない雰囲気を感じ、高梨はわかったと頷くと結香の背を促し、捜査一課へと戻ろうとした。

と、そのとき、

「高梨！」

後ろから声をかけられ、高梨と結香は二人して足を止め振り返った。

「サメちゃん」

「納さん」

二人同時に、息を切らせ署内に駆け込んできた男に呼びかける。

「あれ」

納はその場に結香がいることに驚いた顔になったが、事情を問いかけるより前に結香が納と高梨、かわるがわるに見ながら口を開いた。

「あの、できれば納さんにも聞いていただきたいんですが」

「え？」

「何をだ？」

どういうことなのだ、と目を見開いた高梨に、事情がまったくわからないと納が目で問いかけてくる。

自分にもわからないのだ、と首を横に振って答えながら高梨は、一体結香は何を打ち明けに来たのだろうと、思い詰めた顔でぎゅっと拳を握りしめている彼女を見下ろしていた。

会議室に結香を通したあと、高梨は自ら茶を淹れに行った。

「すみません」

恐縮する結香に、高梨は「ええて」と笑ったのだが、これは結香が先ほど『あまり人に聞かれたくない話』と言ったことに気を遣ったためだった。

「テレビのニュースを見たいう話やったけど、もしかして雪下のことかな？」

自分の淹れた茶に手をつけるでもなく、じっと黙り込んだ結香はおそらく、どう話を切り出していいのか困っているのだろうと察した高梨は、彼女が話し易いように話題を振ってやった。

果たして結香は、雪下の名が出たのに、びくっと傍目にもわかるほど身体を震わせると、

「あの」

相変わらず酷く思い詰めたような顔を真っ直ぐに高梨へと向けてきた。

「なに？」

「あの、本当なのでしょうか。雪下さんが逮捕されたって」

「残念ながら本当なんや」

やはり用件は雪下のことだったか、と思いながら頷いた高梨の前で、結香はますます青ざめながら問いを重ねてきた。

「テレビで見たのですが、あの、暴力団の人が殺されたのは火曜日の夜だとか」

「ああ、そうやけど？」

高梨は結香の来訪目的を計りかねていたものの、雪下逮捕の報にショックを受け事情でも聞きに来たのだろうという程度に思っていた。なので続く結香の言葉には仰天し、思わず大きな声を上げてしまったのだった。

「その時間でしたら私、雪下さんと一緒にいました。午後八時から十時半くらいまで」

「なんやて？」

「ホントですかっ」

驚愕する高梨の声と納の声が重なる。

「本当です」

こくりと首を縦に振った結香は相変わらず青い顔をしていたが、その瞳には強い意志を感じさせる光があった。

「事情を説明してもらえへんやろか」

高梨の問いに結香は「はい」と頷いたあと、暫く言葉を探すように黙り込んだが、やがてぽつぽつと順を追って火曜日の夜のことを話し始めた。

「……詳しい内容は申し上げられないのですが、確かにあの日私は雪下さんと会っていました。場所は私の家なんですが、雪下さんはそのことはまったく仰っていないのですか？」

「ええ、探偵には守秘義務があるの一点張りで、すべて黙秘しとります。でもまさか結香さんが依頼人やったなんて……」

高梨の答えに結香は「いいえ」と首を横に振り、彼を戸惑わせた。

「依頼人ではないのです。私はお願いをしただけなんです」

「お願いを？　何をですか」

結香がまた、暫く言葉を探すようにして黙り込む。質問を変えたほうがいいかと高梨は結香をリラックスさせようと笑顔を浮かべ、新たな問いを発した。

「雪下とはご自宅で会うてたんやね。そのとき家には他に誰かおった？」

「……誰もいませんでした。それで私は雪下さんを家に呼んだのです」

「どうして雪下をご自宅に……」

首を横に振る結香に、高梨は目的を問い、しまった、と口を閉ざした。それを先ほど結香は言いよどんだのではないかと思い出したのだが、今度は彼女が俯くことはなかった。

「今の調査を中断してもらえないかと、それをお願いしたかったのです」

「今の調査？　雪下は今、何を調査中だったのですか？」

高梨の質問に、結香は少し驚いたように目を見開いた。

「あの、それも雪下さんは明かしてないのですか？」

「ええ、守秘義務やと言うて」

震える声で問いかけてきた結香に、高梨が首を縦に振る。と、結香の目がみるみる涙で潤んできたのにぎょっとし、高梨は慌てて彼女に声をかけた。

「ど、どないしはりました、結香さん？」

「何があったって？」

納も相当驚いたようで、高梨の横で大声を出す。

「私は……私は……」

込み上げる涙を堪えることができないとばかりに、結香は両手に顔を伏せ肩を震わせ泣き始めてしまった。

「結香さん、ほんま、どないしたん？」

高梨が立ち上がり、結香の横へと移動すると震える肩にそっと手を置き、静かな口調で話しかける。

「うっ……うっ……うっ……うっ……」

嗚咽《おえつ》に噎《むせ》び結香は暫く両手に顔を埋めていたのだが、やがて少し落ち着いたのか、ぽろぽろと涙を零しながらもなんとか伏せていた顔を上げ、「申し訳ありません」と震える声で詫びた。

「かまへんよ。それよりどないしたん？」

高梨が微笑み、ポケットから綺麗にプレスされたハンカチを取り出すと——勿論アイロンをかけたのは彼の愛妻、田宮である——さあ、というように結香へと差し出した。

「……ありがとうございます」

結香がハンカチを受け取り、未だに流れ続けている涙を拭《ぬぐ》う。

「……いきなり泣いたりしてすみません。でも、これで私、すべてを話す決心がつきました」

目元をハンカチで押さえてはいたが、結香はもう涙を流してはいなかった。きっぱりした口調で言うと、高梨のハンカチをぎゅっと握りしめた手を膝へと下ろし、口を開いた。

「私が雪下さんにお願いした要件は、今、雪下さんが調べている蒼井会と父の癒着を見逃してほしい、そのことだったんです」

「なんやて？」

「結香さん？」

今までも驚きの連続ではあったが、今度こそ仰天した高梨と納が大きな声を上げ、目を見開きかわるがわるに二人を見つめる結香の大きな瞳を見返した。

「……事情を説明すると、長くなるのですが……」

ぎゅっとまたハンカチを握りしめ、結香がその『事情』を語り始める。

「……父と蒼井会は確かに癒着してると私は思っています……が、父は別に金銭に目が眩《くら》んだわけではないのです。私のために……私のために泥を被っているのに違いないんです」

またも結香の目に涙が盛り上がってくる。

「それはどういう……？」

高ぶる感情を必死で抑え込もうとしている結香をいたわりながらも、高梨は彼女の話の内容に驚きを抑えられずにいた。

一体どういう事情であるのか——再び心を落ち着けた様子の結香が口を開く。話が進むにつれ高梨は、そして納は、結香がどのような気持ちで今日自分たちのもとを訪れたかを察し、胸が詰まる思いがした。

今から五年ほど前——それこそ雪下が懲戒免職になった直後、新宿署に父親の着替えを届けにいった帰り道で結香は蒼井会のチンピラに拉致《らち》され、倉庫のような場所へと連れていかれた。

その場で彼女はチンピラたち数名に乱暴を受けたのだが、その場面を写真に撮られてしまったのだという。

蒼井会の結香へのこの酷い仕打ちは、父である立石課長への報復措置だった。当時蒼井会のナンバースリーを、立石は銃刀法違反の現行犯で逮捕したのだが、彼らの息がかかっていた四課課長から、なんとか見逃してもらえないかという要請があったのをきっぱりと退け起訴に持ち込んだ。結果ナンバースリーには実刑判決が下ったのだが、それを逆恨みした蒼井会が立石の娘、結香に目をつけそのような非道な振る舞いに出たのだった。

立石は烈火のごとく怒り、結香に乱暴をはたらいた組員たちを即刻逮捕すると息巻いたが、妻と娘――結香本人に、「やめて」と泣いて懇願され、行動に起こすことができなかった。口さえつぐんでいれば世間に知れずに済む、一生『ヤクザに強姦《ごうかん》された娘』というレッテルを貼《は》られながら生きていくのは嫌だ、と泣く結香の気持ちを彼女の父である立石は無視することができず、逮捕を見送ったのだが、それが立石と蒼井会との癒着のきっかけとなってしまった。

蒼井会は結香の写真をわざわざ立石の家に送りつけ、いつでも公表する準備があると脅してきた。公表されたくなければ便宜を図るよう要求される。娘のことを思うと要求に従わざるを得なかった上に、謝礼だと金まで渡された、そこまでくるともう、後戻りはできなくなった。

結香は父と蒼井会の癒着の事実を当時まるで知らなかった。が、最近になって偶然喫茶店で父親がヤクザと思しき男たちと同席しているのを見かけ、そのヤクザの一人に見覚えがあったことから疑念を抱くようになった。

こっそりと父の書斎を探すと、自宅宛に『親展』として送られてきた封筒の中から、思い出したくもない例の写真が出てきたことで、結香は父が蒼井会に脅迫されていることを知った。

結香自身、どうしたらいいのかわからないと困り切っていたところ、自宅近くで偶然雪下と再会したのだと結香は一気にそこまで話すと、さすがに喋り疲れたのか、はあ、と小さく息を漏らした。

あまりにいたましい話の内容に、高梨も納も言葉を失っていた。当時、結香が現れると新宿署にはぱっと花が咲いたような華やいだ雰囲気が溢れたものだった。彼女の明るい素直な性格が、すさみがちな刑事達をどれだけ癒してくれていたかを思い出すにつれ、その結香がこうも酷い目に遭っていたのかと知らされ、高梨も納も、いたましさから何も言葉を挟めずにいた。

結香が署に顔を出さなくなったのは、雪下が辞めたからという理由以上の理由があった。まったくそのことに気づかなかったことが情けなく、口惜しいと思う高梨と同じことを考えたのだろう、納が抑えた溜め息をつき、ぐっとスラックスの膝のあたりを握っている。

室内には暫し沈黙の時が流れたが、やがて結香がまた小さく息を漏らし、話を続けようと口を開きかけたのに、

「……大丈夫？」

高梨が彼女を気遣い声をかけた。

「大丈夫です」

結香は気丈にも頷き、話を再開した。

「雪下さんをお見かけしたとき、あまりにも懐かしかったので声をかけました。私はてっきり雪下さんは偶然あの辺りを通りかかったと思ったんですが、さりげなく父とヤクザとの癒着について聞いてきたのに、もしかしたら雪下さんは、京介《きょうすけ》さんのお父さんに——坂井議員に依頼されて、私のことを調べているんじゃないかと、とても心配になってしまって……」

それで一昨日の夜、再会したときに番号を教えてもらった雪下の携帯に電話を入れ、家に来てほしいと呼び出したのだと結香は語った。

「どうして家に？」

「……もしも雪下さんが私のことを調べているのだとしたら、すべて事情をお話しして先方に調査結果を報告しないよう、なんとか頼めないかと思ったからです。誰にも聞かれたくない話だったので、家に来て貰ったんですが……」

雪下は自分のクライアントについては『守秘義務だ』と言い、絶対に口を割らなかったとのことだった。

『坂井代議士ではない』という答えを貰えたら喋らずにおこうと結香は思っていたのだが、

答えを聞き出せなかったことで不安に陥り、結局すべてを雪下に打ち明けてしまったそうである。

『……そうか』

雪下は啞然として、父の部屋からこっそり持ち出した写真を見せ堪らず泣きじゃくってしまっていた結香を見つめていたが、やがてぽん、と彼女の肩を叩くと、『すまなかった』とそれは真摯《しんし》な声で詫びたのだという。

「……雪下さんは、クライアントは坂井代議士ではないと説明してくれました。依頼人は誰とは言えないのだけれど、蒼井会と警察の癒着を調べていたのだそうです」

「そうやったんですか……」

高梨は他に言葉もなく、結香に頷いてみせる。

「……なので、あのヤクザが殺された時間、雪下さんにはアリバイがあるんです。雪下さんは絶対に犯人じゃありませんから」

「わかってます。僕かて雪下を信じてます。あいつは人殺しなんぞする男やないて」

「高梨さん……」

にこ、と笑ってみせた高梨の前で、結香の目に大粒の涙が盛り上がってゆく。

「ああ、もう泣かんといてください。大丈夫やて。真犯人を必ず見つけますよって、安心してください。僕に任せて」

な、と高梨が結香の肩をぽんぽんと叩く。

「はい……はい……」

うんうんと首を縦に振りながら、ぼろぼろ涙を零す結香の背を「泣かんといてください」と高梨は彼女の涙が止まるまでとんとんと、まるで子供をあやすかのような優しさで叩き続けた。

結香が帰ったあと、高梨と納は金岡を呼び出し、彼だけに結香の証言を説明した。

「すぐにもその旨を神奈川県警に連絡し、再捜査にかかろうじゃないか」

「課長、ちょっと待ってください」

勢いづく金岡を、高梨が慌てて制しようとする。

「なんだ、何が問題なんだ？」

「立石副部長がヤクザと癒着しているというのは現段階ではまだ、結香さんの推察でしかありません。ことがことだけに公にするのはどうかということもありますが、それより僕は、結香さんの……彼女のことは、公にはしとうない、思うて」

高梨の言葉に、金岡が訝《いぶか》しげに眉を寄せる。

「……挙式を控えとる、いうこともありますが、昔ヤクザに乱暴されたという心の傷を、これ以上抉りたくないんですわ。彼女がアリバイを証言したら、必ず用件を言わなならんようになる。もうこれ以上、辛《つら》い思いをさせとうないんです」

「……まあ、気持ちはわかるが、それでもなあ……」

結香の証言なくしては、雪下の送致取り消しと再捜査は難しくなる。渋る金岡に高梨は、

「それに」

と言葉を続けた。

「当の雪下本人が口を閉ざしとるんですよ。自分がやってもおらん殺人罪をおっかぶされようというのに、アリバイを主張せんのは、彼も結香さんを気遣っとるんやないかと思います。結香さんの勇気も、雪下の好意も、無駄にしとうないやないですか」

「…………」

熱く訴える高梨の前で、金岡は暫く考え込んでいたが、やがて、

「わかった」

そう言い、ぽん、と高梨の肩を叩いた。

「俺から神奈川県警刑事部長に話を通す。信用できる筋からの証言で雪下にはアリバイがあると伝え、再捜査へと持って行くつもりだ」

「……課長、ありがとうございます」

金岡が自分の、『結香の件は公にしたくない』という希望を聞き入れてくれたことを察し、高梨が深く頭を下げる。

「現職の警察官が負けちゃいられないからな」

金岡は笑ってまた、ぽんと高梨の肩を叩くと、ぼそりと聞こえないような声で呟いた。

「今更遅いが、警察も惜しい奴をクビにしたもんだ」

「課長……」

心の底から悔しげな様子の金岡に思わず高梨が呼びかけたのに、金岡は少し照れたような顔になると、ゴホン、とわざとらしい咳払《せきばら》いをし、彼を怒鳴りつけた。

「本当に負けちゃいられないんだ。真犯人の手がかりを一刻も早く摑めよ！」

「わかりました！」

高梨が、そして納が大きく答え、金岡に見送られる中、会議室を飛び出していく。

「まずは現場周辺の聞き込みや。上手くすると神奈川県警の宮田さんにも手伝うて貰えるかもしれん」

「そうだな。まあ、あいつがどのくらい気概があるかによると思うが」

話しながら覆面パトカーに乗り込み、今日は運転を担当することになった高梨がアクセルをふかす。

「ほんま、負けられれんわ」

「そうだな」

二人して力強く頷き合ったあと、二人は一路桜木町を目指したのだが、二人のやる気と金岡課長の懐の深さが無下にされるような事態が今、横浜では起こりつつあった。

5

その日の夕方、桜木町で聞き込みを続けていた高梨の携帯に金岡から連絡が入った。

『雪下が送致されることになった。マスコミもかぎつけ今、神奈川県警前は大変な騒ぎになっている』

「なんですって？」

驚きの声を上げた高梨に、苛立ちを抑えきれない様子の金岡が説明してくれたところによると、マスコミの反応を重く見た上層部が証拠が揃っているのなら即刻送致しろと動き、夕方には検察に送られることになったということだった。

『力になれなかった。すまん』

「課長が謝ることやないですよ」

心底申し訳なさそうな、そして悔しげな声を出す金岡を慰め、電話を切った高梨は、納と共にすぐに神奈川県警へと向かった。

「こりゃひでえな」

「ほんまや」

今や県警の前には、報道陣が溢れていた。ほぼ全局のテレビカメラが来ているようである。新聞社や雑誌社のカメラマンも、送致される雪下の写真を撮ろうと署の入り口付近に陣取っており、かれらをかき分けるようにして署の中へと向かう高梨や納にもフラッシュが焚《た》かれた。

「あ、高梨さん」

捜査一課に飛び込むと、青い顔をした宮田が二人へと駆け寄ってきた。

「宮田さん、あの騒ぎは一体なんですか」

「僕もわからんのです。もと警察官がらみとはいえ、ああもマスコミが騒ぐとは……」

蒼井会サイドでマスコミを操作しているという噂もある、と宮田は言ったあと、やれやれ、と溜め息をついてみせた。

「正直納得できませんが、これ以上はもう、手も足も出ない状態です」

「……確かに」

現場近辺の聞き込みで、何か得ることができれば、まだストップはかけられただろうが、今のところ送致を取り下げさせるこれといった情報は何もない。

雪下にはアリバイがあることを明らかにすれば再捜査ともなろうが、これだけマスコミの注目が集まっている中、今それを発表すれば結香の存在が取りざたされる危険もある。

彼女の将来を思うと、それはあまりにむごい、と高梨は奥歯を嚙みしめ、漏れそうになる溜め息を堪えた。

送致されたとしても、不起訴になる可能性は充分ある。それに望みをかけることにしようと思いつつも、マスコミをこれだけ煽る力を持っている『何者か』の介入があれば、証拠がそろっていると起訴されてしまうかもしれないという可能性が大きいようにも思え、一体どうすればいいのか、と高梨はらしくもなく、天を仰いだ。

「あ、副部長」

そのとき宮田が高梨の身体越しに入り口を眺め、驚いた声を上げた。

「え?」

声に誘われ振り返った高梨の目は、相変わらず一分の隙《すき》もないほどに服装も髪型も整えている立石の姿をとらえた。

「ああ、高梨さん。凄い騒ぎになりましたね」

にこやかに微笑みながら高梨へと歩み寄ってくる立石を前に、高梨はなかなかに複雑な思いを抱かずにはいられないでいた。

娘の結香がかつてヤクザに乱暴されたということには同情を禁じ得ないし、それゆえヤクザと癒着せざるを得なかったという経緯もわからない話ではない。

だがそれは決して許されるべきことではないのだ、と高梨は思いながらも、顔には笑顔を浮かべ立石に答えた。

「ほんま、驚きました。一体なんでこないなことに」

「ナンバーツーを殺された蒼井会が各所に働きかけたという噂だ。まあ、送致することは決まっていたから大勢に影響はないが」

「…………」

あたかも、たいしたことではないと言いたげな立石の態度に、高梨の頭にカッと血が上る。が、ここで腹立ち紛れに怒鳴ったところで、事態は何も好転しないのだと、理性で怒りを抑え込んだ。

「間もなく雪下が護送される。マスコミも彼のあとを追うだろう。すぐに静かになるよ」

立石が笑顔で続けるのに高梨は「そうですね」とだけ相槌を打ったが、ぐっと握りしめた彼の拳は微かに震えていた。

「それじゃ、失礼するよ」

何も気づかぬ様子の立石が高梨に会釈をし、踵を返して部屋を出ていく。

「高梨、あんなに好きなこと言わせてていいのか」

憤りも露《あら》わに納が声をかけてくるのに、

「仕方ないやろ」

高梨は思わず吐き捨てるようにそう言ってしまい、すぐに八つ当たりと気づいて「かんにん」と詫びた。

「いや、俺が言いすぎた」

すまなかった、と納も自分の八つ当たりを詫びたのに、「ええよ」と高梨は微笑むと、

「行くか」

いつまでもここにいても仕方がない、と納の肩を叩いた。

「そうだな。また聞き込みにでも行くか」

納に高梨の意思はすぐ伝わったようで、にっと笑うと大きく頷き、二人は肩を並べて捜査一課を出ようとした。

「僕も行きます」

するとなんと宮田が二人のあとを追いかけてきたものだから、高梨も納も驚き、思わず彼を振り返った。

「ええんですか」

「どうせ検事から証拠固めを命じられるでしょうから。先走りですがまあ、問題にはならないでしょう」

照れたように笑う宮田に、高梨もまた笑顔を向ける。

「ありがとうございます」

「そんな、僕が好きでやることですから」

ますます照れた顔になった宮田と共に高梨と納は署の外に出ようとしたが、物凄い量のフ

ラッシュが焚かれ始めたのに驚き、思わず足を止めた。

「ああ、ちょうど今、雪下が……雪下さんが送致されるんでしょう」

呼び捨てにしたあと、慌てて『さん』づけをしたのは宮田の高梨らへの配慮だったのだが、高梨らが外に出ると、ちょうど雪下を乗せた車が走り出そうとするところだった。

「危ないな」

雪下の映像を撮ろうと、テレビカメラが車の回りに集まり、バシャバシャとフラッシュが焚かれる。報道陣に行く手を阻まれ、車が立ち往生しているのを、慌てて若い警官が駆け寄り道を作ろうとしている。あの車の中に雪下はいるのか、と思いながら、眩《まぶ》しいほどに焚かれるフラッシュに照らされる車内へと高梨が目を凝らしたそのとき、

「待ってください!!」

いきなり女の高い声が響き渡ったのに、何事かと高梨は驚き、声のしたほうを見やった。

「あ」

一人の華奢《きゃしゃ》な女性が、並み居る報道陣をかきわけるようにして車の前に立ちふさがる、あまりに見覚えのあるその姿に、高梨は驚きの声を上げた。

「高梨、あれ、結香さんじゃないか」

納もまた驚き、高梨を振り返る。

「副部長のお嬢さん……」

宮田もまた驚いた顔で結香を見つめるのに、こうはしていられないと高梨は階段を駆け下り、結香へと近づこうとした。

「どきなさい、危ないですよ」

「どいてください！　下がってください！」

警察官やらマスコミやらが、車の前に両手を広げて立ちふさがる結香をどかそうと声をかけ、身体に手をかけようとする。

「結香さん！」

近づこうにもマスコミの人間に邪魔され、なかなか傍へは寄れず、苛立ちを感じながら高梨は叫んだのだが、彼の声は結香には届かなかったようだ。

「聞いて！　聞いてください！」

結香の悲鳴のような声が辺りに響き渡る。尋常ではない様子の彼女に、マスコミ陣が何事だと次第に注目し始めた。

「おい、なんだ、あの子は」

「何か言うぞ」

ざわめきが広がる中、また結香の悲鳴のような声が響く。

「雪下さんは犯人じゃありません！　私は彼のアリバイを証言できます！」

「結香さんっ」

高梨が叫んだのと同時に、その場にいた人間が皆それぞれに驚きの声を上げた。

「なんだって？　どういうことだ？」

「あの子は誰だ？　アリバイを証言できるって？」

「おい、カメラ回せ！」

「何か言うぞ！　静かにしろ！」

ざわめきが増す中、結香がまた大きな声で、同じ言葉を繰り返す。

「雪下さんは犯人じゃありません！　私はアリバイを証言できます!!」

「結香！」

と、そのとき高梨の背後で立石の声が響き、振り返った高梨の目の前を血相を変えた彼が、マスコミや警官を物凄い勢いでかき分け、結香の方へと近づいていった。

「結香、お前何をしてるんだ！」

怒りと戸惑いに溢れた声を上げながら近づいてくる父親に向かい、悲鳴のような大声で結香が叫ぶ。

「お父さん！　やっぱり私、黙ってることなんかできない！　雪下さんにはアリバイがあるの！　犯行時間、雪下さんは私と会ってたの！」

「なんだって？」

「おい、あれは刑事部の立石副部長じゃないか？」

「じゃあ彼女は副部長の娘か！」

マスコミの人々のざわめく声が聞こえたのか、立石はますます憮然とした顔になると、

「どけっ」

カメラを向けようとするマスコミ陣を手で押しのけ、ようやく結香へと辿り着くと彼女の腕を摑んだ。

「来なさい！　お前は自分が何をやったか、わかってるのか」

「わかってるわ！　私は雪下さんの無実を証明したいの！」

「馬鹿なことを言うな。さあ、来るんだ」

立石が強引に結香の手を引き歩き始めるのを、マスコミのカメラが追う。

「フラッシュを焚くな！　写真を撮るな！」

まるで八つ当たりのように叫びながら、立石がマスコミをかきわけ、結香を連れ署の中へと向かおうとする。

「立石さん、彼女は娘さんですか」

「お嬢さん、アリバイを証言できるってどういうことですか」

報道陣がマイクを向けてくるのを「うるさい！」と払いのけ払いのけ、立石が建物の中へと入っていくのを、マスコミが次々追いかけていく。

「……高梨、あれは……」

呆然とその様子を見送っていた高梨に、やはり呆然と一部始終を見ていることしかできなかった納が声をかけてくる。

「一度戻ろか」

結香が心配だったこともあり、高梨はそう納の背を叩くと、二人してマスコミをかき分け再び署の中へと向かった。


「馬鹿者！　一体どういうつもりだ！」

マスコミ陣を撒《ま》き、ようやく捜査一課のある四階に到着した高梨の耳に、立石の怒声が響いてきた。

「会議室か」

どうも声は、第一会議室から聞こえるようだ、と高梨は納を誘い、その部屋へと向かうと、ドアをノックし扉を開いた。

「誰が入室を許可した！」

果たして立石と結香は室内にいたが、部屋に入ってきた高梨に立石は怒声を浴びせかけてきた。

「高梨さん！」

結香が泣きそうな顔を、高梨へと向けてくる。

「立石さん、結香さんは今朝、僕のところに相談しにきはったんです」

それだけに黙っていることはできないのだ、と主張しようとした高梨の前で、立石が鬼のような顔になった。

「なんだと？　それじゃあ、さっきのあれは、お前が結香をそそのかしたのかっ」

「え？」

「違うわ！　お父さん！」

高梨の戸惑いの声と、結香の悲愴《ひそう》な叫びが重なる。

「高梨さんは、自分に任せろって言ったの。でも私はどうしても黙ってることができなかった。雪下さんが私を庇ってることを知っていながら、ずっと口を閉ざし続けていることがどうしてもできなかったのよ」

「結香、お前、何を言うんだ。今がどれだけ自分にとって大切な時期か、わかってるのか」

あきらかに動揺している様子の立石に、結香がたたみかけるように言葉を発する。

「わかってる、わかってるわ！　だから私も口を閉ざしてしまおうかと思った。でもできなかったの。雪下さんを犠牲に幸せになんかなれない！　このまま口を閉ざしてしまったら一生後悔すると思ったの。お父さんもそうよ。人に知れないからといって、自分の良心を裏切るようなことをすれば、あとからきっと後悔……」

「うるさい！　お前は何もわかってない！」

　叫ぶ結香の声をかき消そうとするかのように張り上げた立石の怒声が、会議室に響き渡った。

「わかるわよ。お父さんのやってることは悪いことよ。お父さんだってわかってるはずよ？」

「黙れ！」

　立石が結香に向かい右手を振り上げる。殴る気か、と慌てて高梨は彼へと駆け寄り、今にも振り下ろされそうになっていたその手を摑んだ。

「離さんか！」

「立石さん、落ち着いてください」

　強引に手を振り解《ほど》こうとする立石を高梨が静かな、だが凛とした声で制する。

「……っ」

　その声に立石は我に返ったようで、はっとした顔になったあと、高梨が摑んでいた彼の手から力が抜けた。高梨もまた彼の手から己の手を離す。

「……立石さん、結香さんはすべてを僕に——僕とサメちゃんに、告白してくれはったんです」

落ち着いた様子の立石に、高梨は静かな口調のまま言葉を続ける。

「……すべて……」

立石はぼそりとそう呟いたあと、顔を歪めて笑い高梨を見上げた。

「証拠はない、と言ったところで、お前は聞く耳持たないんだろう？」

「……持ちます。せやけど立石さん、あなたにも聞く耳を持ってほしい、思うてます」

ゆっくりと首を横に振って答えた高梨に、立石が眉を顰めて問い返す。

「聞く耳だと？　何を聞けと言うんだ」

「……結香さんの話です」

高梨の答えに、立石の顔には『苦悩』としか言いようのない表情が浮かんだ。

「結香さんは立石さん、あなたが蒼井会に脅迫されていたということを知っていた。彼らの脅迫のネタが自分だということも知っていて、それで苦しんどったんです」

「…………」

立石の身体がびくっと震え、彼の目がゆっくりと娘へと――結香へと向いてゆく。

「立石さん、あなたも苦しまれたことと思います。だが結香さんも苦しんだ。これは結香さんが苦しみに苦しみ抜いた結果、導き出した結論なんやと思います。そない苦しんだ彼女の言葉に、どうか耳を傾けてあげてほしい――それが僕の願いです」

熱っぽい高梨の訴えを聞く立石の頬に、うっすらと血が上ってゆく。

「……お父さん……私のために、ごめんなさい……」

耐えきれぬように結香がそう言い、両手に顔を伏せたのに、立石はなんともいえない切なげな顔で彼女を眺めていたが、やがて彼の右手がゆっくりと上がり、泣きじゃくる彼女の肩を、ぽん、と叩いた。

「……お前のせいなんかじゃない。彼らの脅迫に屈してしまったのは私だ。妻やお前に顔向けできない行為を今まで重ねてきたのは、誰でもない、私だ」

沈痛な面持ちでそう告げた立石の顔は、だが微笑んでいた。

「……お父さん……」

伏せていた顔を上げた結香の瞳に、新たな涙が盛り上がり、濡《ぬ》れた頬を流れ落ちていく。

立石はすっと手を伸ばして結香の頬を包むと、

「……お前にもつらい思いをさせてしまった」

悪かった、と頭を下げた。

「お父さん、謝らないで」

結香が立石の胸に飛び込み泣きじゃくる。

「悪かった。悪かったよ」

こみ上げる涙を堪えているのだろう、上を向きながらも彼女の背をしっかりと抱きしめた立石が、何度も同じ言葉を繰り返す。

「お父さん……っ」

子供のように声を上げて泣く結香と、そんな彼女を優しく宥めながら必死で涙を堪えている立石——心に傷を抱えた娘と、彼女をいたわる父親の姿を、高梨と納は言葉もなく見つめていた。


マスコミ報道を聞きつけ、立石が刑事部長に呼び出されたときにはもう、結香の涙はおさまっていた。

「……すべて正直に打ち明けるつもりだ」

常に一分の隙もない様子をしていた彼とは思えぬほどに、髪は乱れ、結香が飛び込んだ彼のシャツの胸のあたりには皺《しわ》があったが、立石の表情はやけにさばけたものだった。

「立石さん」

「一連の警察官の不祥事に名を連ねることになる。マスコミの警察叩きはますます盛んになるだろう。迷惑をかけて申し訳ない」

高梨と納に立石は、これ以上ないほどに深く頭を下げて寄越した。

「信用回復に全身全霊をかけて尽力しますよって」

高梨もまた立石に向かい、彼以上に深く頭を下げ真摯な口調でそう告げた。

「……安心したよ。ありがとう」

立石が顔を上げ、高梨と納、神妙な顔をしているもと部下二人に微笑んだあと、「それでは」と軽く会釈をし部屋を出ていったのだが、それから二時間後、彼の懲戒免職が決定した。

立石は蒼井会との癒着をつぶさに告白したと同時に、今回の藤村殺害が蒼井会のチンピラによるものであることも証言したため、すぐに捜査員が蒼井会の組事務所へと駆けつけ、組長の蒼井を殺人示唆で、実行犯のチンピラを殺人容疑で逮捕した。

立石は蒼井から藤村殺害の詳細を打ち明けられていた。彼らが藤村殺害の罪を、最近組と警察との癒着の証拠をかぎ回っている探偵事務所の調査員になすりつけようとしていることまでは聞いていたが、それが雪下であることは彼が逮捕されるまで知らなかったとのことだった。

蒼井が立石に詳細を打ち明けたのは、雪下を即、送致させる手続きをとらせるためだった。指示に従わなければ結香の過去を嫁ぎ先にばらすと脅されたのだったが、公には立石は結香の件を一切明かさず、マスメディアに流れた情報では、蒼井会との癒着の動機は蒼井会から流れてくるリベートに目がくらんだということになっていた。

雪下はすぐに釈放されることになり、高梨と納は留置所にいた彼にそれを伝えにいった。

「……そうか」

立石が懲戒免職になったことを高梨が告げると、雪下はただひとことそう呟いただけで、他に何も言わなかった。

「……ほんまにお前は、ええ男やな」

彼の俠気《おとこぎ》に感心した高梨の口から、思わずぽろりとそんな言葉が漏れる。と、雪下は高梨をせせら笑った。

「買いかぶるなよ。言っただろう？　探偵には守秘義務があるってな」

「結香さんが感謝しとった。よろしく伝えてくれ、言うとったよ」

結香の名前が出たとき、それまで冷笑が浮かんでいた雪下の顔が微かに曇ったのを高梨は見逃さなかった。

「婚約は？」

「破棄やて。理由は例の件やないよ。あれはどこにも漏れてへん。父親の——立石副部長の懲戒免職や、いうことやった」

「……そうか……」

痛ましげに告げた高梨の前で、雪下もまた一瞬痛ましげな顔で頷いたのだったが、

「せや」

と思い出したように話を振ったときにはまた、シニカルな表情を取り戻していた。

「勤め先、変わったんやね。『青柳探偵事務所』やったっけ。なんぞワケアリな事務所いう

噂やけど」

「いいがかりはよしてくれ。吹けば飛ぶような弱小事務所だが、人様に迷惑かけるようなことは何一つしてないぜ」

「そういう意味やないよ」

雪下がじろりと睨んでくるのに、高梨が慌てて首を横に振る。

「ただの探偵事務所やないんやないか、いう噂を聞いただけや」

噂の発信源はミトモで、彼にしては情報収集に非常に苦労したと言いながら教えてくれたところによると、どうも『青柳探偵事務所』には誰とも何ともわからぬバックがついていて、そのバックの指示で社会犯罪摘発の証拠集めをしているという顔もあるらしい、ということだった。

「個人なのか、法人なのか、団体なのかはわからない。アタシの力ではここまで調べるので精一杯だったわ」

まあ、犯罪に手を染めていることはなく、逆に犯罪を摘発する側にいるのかもしれない、というミトモの報告を思い起こし、もう少しつっこんだ問いをしてみるかと高梨が口を開きかけたとき、

「いつまでもお前と無駄話をしてる暇はないんだ。そろそろ失礼するぜ」

敏感に高梨の意図を察したらしい雪下が、わざと嫌味な言いようをし、「じゃあな」とそ

の場を立ち去ろうとした。

「家まで送るわ」

もう少し話をしたくもあり、高梨が雪下の背を追う。

「覆面だろ？　勘弁してくれ」

いらないよ、と雪下はそっけなく断ると、「それじゃあな」と高梨を振り返りもせず右手を上げた。

「雪下」

そのまま建物を出て行こうとする雪下の背に、高梨は思わず声をかける。

「やっぱりお前はええ男や」

「おだてても何もでないぜ」

雪下が肩越しに高梨を振り返り、馬鹿にしたような笑みを浮かべてみせる。

「心からの言葉や」

「戯《ざ》れ言《ごと》に付き合ってる暇はないんだよ。それじゃ、またな」

乱暴な口調で吐き捨て、署を出てゆく雪下の後ろ姿を高梨は見えなくなるまで目で追ったあと、傍らでじっと二人の様子を窺っていた納を振り返った。

「照れ屋やね」

「それ本人に聞かれたら、ぶん殴られるぞ」

ぱち、と片目をつむってそう言う高梨に、納が笑いながら彼の肩を叩く。

「少しは距離が縮まったんじゃねえのか」

何を、という主語はなかったが、よかったな、というように微笑む納の言いたいことは高梨には充分すぎるほどに伝わった。

「僕もそう思うわ」

大きく頷き、再び出入り口へと——既に姿の見えなくなった雪下の幻の背へと目をやる高梨の胸には、友とかつてのままの友情を交わし合う日がくることへの予感と期待が溢れていた。

面会に行くたびに俺は、その時々にあった出来事を話す。

面会時間は限られているため、今回は何を話そうかと毎回いろいろと考えて行くのだが、毎回話すことが多すぎて、思うように話せたことがない。

今回は逮捕された話を、面白おかしく話してやろうと思っていた。そうだ、高梨のことも話してやろうかと思いつく。

高梨との確執を、彼に語ったことがあった。確執といっても俺が一方的に感じているだけのものなのだが、俺の話を聞き終わると、彼はそれは切なげな顔をし、

「いつか……」

と聞こえないような声で呟いたのだった。

いつか以前のままの付き合いができるようになるといい——彼はきっとそう言いたかったのだと思う。

自分が口を出すことではないだろうという遠慮から口を閉ざしてしまった彼は、かつて高梨の言葉で自首する決心を固めたという過去があった。

それだけに彼は高梨と俺との関係を案じてくれていて、俺が高梨の話をすると、それは嬉しげな顔をするのだ。

今回の一件も話してやったらさぞ喜ぶことだろう。

俺が逮捕された直後アリバイを主張しなかったのは、彼女を気遣ってのことだった。やってもいない犯罪で起訴されることはあるまいという目算もあったが、送致されるようなことになったら、無実を訴えるべきかとも考えていた。

だが、捜査に高梨が加わっていることを知ったとき、俺は黙秘を貫く決心を固めたのだった。

どんな大きな力が働こうとも、彼ならきっと俺の冤罪《えんざい》を晴らしてくれるに違いない――それだけ彼を信じていた、などとはとても本人に伝えられる思いではなかったが、予想どおり彼は俺に自由を取り戻してくれた。

絶対的な信頼を寄せるに相応《ふさわ》しい男――とはいえ高梨をまた『友』と呼べるようになるにはまだ時間が必要だ。

それでも――。

『またな』

高梨と再会を予感させる挨拶を交わし合ったと教えてやれば、きっと彼は喜ぶに違いない。

彼を喜ばせるために、などと理由付けに彼を利用するあたり、卑怯《ひきょう》としかいいようがないとは我ながら思う。

だが彼のことだ。ひねくれ者の俺はそうでもしなければ素直になれないのだろうと、きっと笑って許してくれるに違いない。

温泉に行こう！

1

「なんだよ、高梨《たかなし》、帰るのか？」

神奈川県警刑事部副部長が暴力団員と癒着していたという不祥事に、マスコミ各社が一斉に押し寄せ、捜査本部の面々は彼らへの対応に追われることとなった。

それもようやく落ち着き、高梨と納《おさめ》は立石《たていし》副部長逮捕で沈む神奈川県警をあとにしたのだが、一杯飲んで帰ろうという納に高梨が「かんにん」と両手を合わせ頭を下げたのである。

「雪下《ゆきした》を無事釈放できたことだし、祝杯を上げてえと思ったのによ」

お前とじっくり飲むのも久々だし、という納の気持ちは同じ刑事として高梨には痛いほどにわかる。今回納と高梨は雪下の送検を見送らせるため、それこそ殆《ほとん》ど寝ずに駆け回った。

共に捜査に当たった者同士、その喜びを分かち合いたいという思いは勿論《もちろん》、高梨にもあった。だがそれ以上に彼は、今己《おのれ》の抱いている喜びを分かち合いたい相手がいた。

「ほんま、かんにん」

心底申し訳なく思いつつ頭を下げる高梨を見て、納はそれを察したらしい。

「仕方ねえ。一人モンは寂しく帰ることとするか」

「サメちゃん、ほんま、かんにんな」

高梨が更に頭を下げるのを、納は「いいってことよ」と笑って制する。

「雪下はお前にとっちゃあ、まあ、『特別』だもんな。その雪下を助けることができたんだ。お前が誰より大事な相手と祝杯を上げてえって思う気持ちは、一人モンの俺にもわかるよ」

気にするな、と高梨の肩を叩き、納が「それじゃな」と彼に背を向けた。

「サメちゃん、ありがとな」

侠気《おとこぎ》溢《あふ》れる納の背中に、胸を熱くした高梨の声が響く。

「ほんまサメちゃんは、ええ男や」

「惚《ほ》れるなよ」

しみじみと言う高梨を肩越しに振り返り、納がふざけてそう笑うのに、

「惚れてまうかもしれんわ」

高梨もまたふざけて返し、二人して目を見交わし笑いあった。

「それじゃあな」

「ああ、また連絡するわ」

手を振り別れようとしたとき、納の口から高梨がこれから喜びを共にしようとしている『誰より大事な相手』の名が告げられた。

「ごろちゃんによろしくな」

「……おおきに」

礼を言う高梨に、納はまた「いいってことよ」と豪快に笑うと背を向け駅への道を歩き始めた。

「……ほんま、おおきに」

遠ざかってゆく熊のようないかつい背中に高梨は再びしみじみとそう呟《つぶや》くと、ポケットから携帯電話を取り出し、その『誰より大事な相手』の——田宮《たみや》の番号を呼び出し、帰りは何時頃になりそうかと尋ねるべくかけ始めた。


高梨が納の篤《あつ》き友情に感謝しつつ、幸せな思いを胸に携帯電話から番号を呼び出していた相手である田宮は、残念なことにちょうどその時間、地下鉄の中にいた。

「…………」

混雑はしていないが座れない、という微妙な混み方を見せている車内で吊革《つりかわ》に摑《つか》まり、暗い窓に映る己の姿を見つめる田宮の口から、深い溜《た》め息《いき》が漏《も》れる。

「元気出してください、田宮さん。今回は仕方ないですよ」

隣で同じように吊革につかまっている富岡《とみおか》が声をかけてくる。

「……まあな」

田宮の答える声が沈んでいるのは、今まで来訪していた客先で、当然とれるものと思いこんでいた商談を他社に持っていかれてしまったせいだった。

「ありゃ予測できませんよ。社長の身内が今更横槍《よこやり》入れてくるなんて可能性、想定できたら予言者か神ですよ。もう、アンラッキーとしかいいようがない」

「……まあな」

富岡の言葉どおり、今回の逸注に関し田宮に責任を求める声は、多分上がることはないと思われた。

取引先の新本社建設にあたり、田宮は総務部長から空調機器の大型受注の内定を半年前にもらっていた。設備工事業者が決定していなかったためと、納期が一年以上先だったために発注書は作成せず、『内定書』を提出はしていたのだが、今になってその社が『やはり発注はできない』とドタキャンしてきたのである。

正式な書類ではないにせよ、内定書提出時に請書をもらっていたので、契約違反だと突っぱねることもできないことはなかったのだが、今回は先方が先手先手を打ってきた。

「だいたい卑怯《ひきょう》ですよね。ウチの繊維部隊を抱き込んでいるあたり、やられたとしかいえませんよ。繊維部長も先にコッチに話を通すべきですよね。社内なんだし。ねえ？」

「別にお前が怒らなくてもいいと思うよ」

自分以上に憤りを感じてくれてはいたが、富岡の商談である駐車場設備に関してはそのまま発注となる見込みだった。

自分の担当である空調機器を逸注した分、富岡の発注までキャンセルにならずにすんでよかったと安堵《あんど》すべきであるのに、ついつい棘《とげ》のある物言いをしてしまったと、田宮は途端に反省し富岡に頭を下げた。

「悪い。嫌味を言うつもりじゃなかった」

「勿論わかっていますし、嫌味というにはパンチが足りませんよ」

頭上げてください、と富岡がニッと笑う。

「それより、軽く飲んで帰りません？　おごりますよ」

「別におごってくれなくてもいいけど」

いつもであれば「いきません」と即答する田宮だったが、今夜の彼はいつもより少しだけ自棄《やけ》になっていた。

高梨からは昨夜、事件が佳境に入っていると聞いたばかりだったから、多分今夜も彼の帰宅は遅いか下手《へた》をすると泊まり込みになるだろう。それに万一帰宅していた場合、疲れているに違いない彼に笑顔を向ける自信がこのままではない。

胸にたまった鬱憤《うっぷん》を吐き出し、気持ちを切り替えてから帰宅したほうがいいかもしれない、と田宮はちら、と富岡を見た。

「軽く行くか」

「マジですかっ」

自分で誘っておきながら、ＯＫがもらえるとは思わなかったのだろう。富岡の素《す》っ頓《とん》狂《きょう》な声が適度に混雑した地下鉄内に響き渡る。

「お前なあ」

「すみません、つい動揺しちゃって」

乗客の視線を一斉に浴びることになったことを責める田宮の声と、興奮したあまり更に声《こわ》高《だか》になった富岡の声が重なった。

「そうと決まればさあ、降りましょう！」

「お、おい？？」

富岡が田宮の腕を摑み、勢いよく車内を突っ切って今まさに開いたばかりの扉へと向かってゆく。引《ひ》き摺《ず》られるようにして降りた駅は四谷三丁目で、そのまま田宮はあれよあれよという間に駅近い行きつけの焼き肉屋へと連れ込まれていた。

「全然『軽く』ないじゃないかっ」

怒濤《どとう》のごとく肉を注文したあと、富岡が「乾杯！」と生ビールのジョッキを掲げてきたのに、田宮は抗議の声を上げた。

「まあまあ、固いこと言わないで」

食べましょう、と富岡がタン塩と、この店名物のネギ焼きカルビを網の上に並べ始める。

「……まったく」

ぶつぶつ言いながらも田宮も一緒になって肉を並べ始めたのは、この店がかつて彼が深夜残業のあと会社の人間とたびたび来た、お気に入りの店であるためだった。

高梨と暮らし始めるようになってからは、一刻も早く帰宅したいという思いから、富岡のように下心などまるでもっていない同僚の誘いも断ることが多く、この焼き肉屋に来るのも随分久々だった。

「やっぱり美味《うま》いよなあ」

しみじみと肉を堪能《たんのう》する田宮の横では富岡が、「すみませーん、JINROください」と早くも焼酎を注文している。

「軽くって言ったろ？」

「いいじゃないですか。焼き肉にはJINROでしょう」

五枚二千円という名物ロースも頼みましょう、と富岡に乗せられるままに田宮がグラスを重ねてしまったのは、やはり彼が今夜は少しだけ自棄になっていたからと、久々の大好物の焼き肉を前に、軽く切り上げるという固い意志が崩れてしまったせいだった。

「しかし本当にふざけてますよね」

「まったくだよ。取引先をなんだと思ってるんだ」

今夜は富岡も気を遣ったのか、いつものようにしつこく田宮を口説くようなことはせず、彼の仕事の愚痴に付き合ってくれていたことも手伝って、田宮が気づいたときには時刻は軽く深夜零時を回り、ＪＩＮＲＯの瓶もすっかり空になっていた。

「そろそろ帰るか」

「そうですね」

時計を見て、もうこんな時間かと驚きながら田宮が伝票を手に取ろうとした、それを横からかっさらった富岡が笑顔で頷《うなず》き、先に席を立った。

「おい」

「おごりますよ」

「いいって」

五枚二千円のロースだけでなく、かなりの品目を頼んだのでさぞ高額になっているだろうに、富岡はいとも簡単にそう言うと、とっととレジへと向かってしまった。

「払うよ」

「いいですよ。今日は残念会ですから。次、おごってください」

田宮と富岡の、払う、いらない、と口論めいたやりとりは店を出たあとも続いたが、頑として料金を受け取らない富岡に結局田宮が折れた。

「……悪いな」

「悪かないですよ。今夜付き合ってくれただけでも嬉《うれ》しかったですしね」

にっこり笑って富岡が告げた言葉に、田宮は思わず絶句する。愚痴を聞くばかりで楽しいことなど一つもなかっただろうに、酔いで紅潮した富岡の顔は彼の言葉どおり本当に嬉しそうだった。

「……悪いな」

思わず田宮の口からぼそりと、先ほどと同じ言葉が漏れる。

言葉は同じでも意味がまるで違うということを察したらしい富岡の笑顔が、『苦笑』に変わってゆく様を、田宮はなんともいえない思いを胸に眺めていた。

「いけない、終電なくなりますよ」

「ほんとだ」

多分わざとなのだろう、富岡が慌てた声を上げて駅へと歩き始めた背中を、田宮も早足で追う。

二度目の『悪いな』という田宮の言葉は、富岡がいくら自分を想ってくれようとも、決してその想いには応えることができないことへの謝罪だった。

田宮には同僚との付き合いを断ってまで傍《そば》にいたいと願う愛しい人が――高梨がいる。彼との深い、そして強い絆《きずな》が断ち切られることは絶対にないだろうという確信を持てるほどに

互いに愛し合っている相手がいるということは、富岡も勿論知っていた。

それなのに自分と数時間、時を同じくすることを——それが自分の仕事の愚痴に付き合うということでさえ、ああも嬉しいという顔をされてしまうと、どうしたらいいのかわからなくなる、というのが田宮の偽らざる胸の内だった。

富岡のことは嫌いではない。だがどうしたところで恋愛の対象にはなり得ないのである。何度となくそう言っても少しもへこたれることなく、不屈の精神で田宮に向かってくる富岡には、彼がなんとも『いいやつ』なだけに田宮は困り果ててしまっていた。

「それじゃ、また明日」

「ああ、明日な」

反対方向の丸ノ内線に乗るため富岡と別れたあと、混雑した電車の中で田宮は、はあ、と大きな溜め息をつき、酒臭い自分の息に気づいて眉《まゆ》を顰《ひそ》めた。

食べ過ぎ、飲み過ぎたが、富岡のおかげで逸注への憤りは晴れた。その代わりに富岡の思いを背負い込んでしまったような気もするが、と思う田宮の口からまた溜め息が漏れそうになる。

富岡のためにも、今後はやはり誘いをきっぱりと断るべきなのかもしれないという、憂鬱《ゆううつ》とやるせなさの中間のような、もやもやした思いを抱える田宮を乗せ、終電近い丸ノ内線は終点の新宿へと到着し、田宮はそこからJRに乗り換えて高円寺駅へと向かった。

タクシー乗り場にタクシーの姿がなかったため、歩いて帰ることにしたのだが、そういえば一度もチェックしていなかったと内ポケットから携帯を取り出した田宮は留守電が入っていることに気づいた。

誰からだろうと再生した田宮は「あ」と声を上げた次の瞬間、家へと向かって駆けだしていた。

『もしもし、ごろちゃん？　僕や。今日、事件が解決してな。ごろちゃんと祝杯上げたいさかい、これから帰るわ。ああ、仕事やったら無理せんでええよ』

メッセージは高梨のものだった。どうして今まで、この電話に気づかなかったのだろうと田宮は己を責めながら全速力で駆け続け、普段であれば二十分はかかるアパートに十分足らずで到着した。

ぜいぜいいいながら階段を駆け上り、鍵を開けるのももどかしく扉を開く。

「ただいま！」

「おかえり」

ドアを開け大声を上げると、高梨がひょいと顔を出し、田宮に笑顔を向けてきた。が、次の瞬間には、息を切らせ汗だくになっている田宮の様子に気づいたようで、「どないしたん」と心底驚いた顔で玄関に駆け出して来る。

「ごめん、良平《りょうへい》」

靴を脱ぎ散らかして部屋に上がると、田宮は高梨の胸に飛び込み、大きな声でそう詫《わ》びた。

「ほんま、どないしたんや。その汗、もしかして駅から走ってきたんか？」

水飲むか、と台所へと向かおうとする高梨の背を、田宮がしっかりと抱き締める。

「ごろちゃん？」

「ごめん。留守電、今、聞いて……」

息が切れて言葉が追いつかず、酔っていたにもかかわらず十分も全力疾走してしまったせいで、アルコールが回り目の前がくらくらしてくる。そんな田宮の状態に高梨はすぐに気づいたようで、

「ええから」

強引に彼を抱いたままベッドへと向かい、田宮を一人そっと寝かせた。

「良平」

「水、もってくるさかい」

待っててや、と高梨が笑い、田宮の肩をぽん、と叩《たた》く。

「ごめん、良平」

「謝らんでええて。ほら、水」

あとを追おうにも、貧血に近い状態で起き上がることもできずにいた田宮だったが、高梨が運んでくれた水を数口飲み、彼にネクタイをゆるめてもらうと、ようやくひと心地つくこ

とができた。

「……ごめん、良平」

「なんや、ごろちゃんは謝ってばかりやな」

あはは、と高梨が屈託なく笑い、田宮に「もっと飲むか？」と空になったコップを示してみせた。

「もう、いい」

「遠慮することないんやで」

本当はもう少し水を飲みたかったのだが、何より早く高梨にきちんと謝りたいと思った田宮の本心は、高梨には簡単に見破られてしまった。

「……ごめん」

笑ってまた水を汲《く》みに行った高梨に田宮が起き上がり、深く頭を下げる。

「ほんま、どないしたん？　何をそんなに謝っとるんかな？」

はい、と水の入ったコップを手渡してくれながら、高梨がベッドに腰掛け田宮の顔を覗《のぞ》き込んでくる。

「……留守電、さっき聞いたんだ」

こく、と水を一口飲んだあと、田宮はぼそぼそと、高梨の尋ねる『何を』を説明し始めた。

「……せっかく祝杯上げるつもりだったのに、こんなに帰りが遅くなって、ほんとごめん」

「ああ、あの電話は我ながら、弾んどったねえ」

照れるわ、と高梨がわざとおどけてそう言い、ぽりぽりと頭をかいてみせる。

「ごろちゃんの都合も考えられへんくらい、ハイテンションやった。ほんま、恥ずかしいわ」

「それだけ嬉しかったんだろ？　それなのにほんと……」

ごめん、と頭を下げようとした田宮の両肩を高梨ががしっと摑む。

「良平？」

「謝らんでええて。そないに気ぃ遣わんといてや」

な、と高梨が微笑《ほほえ》み、田宮に唇を寄せてくる。田宮も目を閉じ、高梨の胸に身体《からだ》を預けようとしたのだが、ふと自分の酒臭い息が気になり目を開いてしまった。

「ごろちゃん？」

気配を察したらしい高梨が問いかけてきたのに、

「ごめん、俺、酒臭くて」

田宮がまた謝罪の言葉を口にする。

「別にかまへんよ」

なんや、と高梨は笑って田宮の肩をぽん、とまた叩くと、田宮の気持ちをもり立てようとしたのだろう、ことさらに明るい声で彼に尋ねかけてきた。

「接待か？　お疲れさまやね」

「……いや、接待じゃなくて……」

田宮は高梨に嘘をついたことがない。隠し事もしたことがなかったために、正直に首を横に振ったのだったが、あとから彼は、『接待』と言うべきだったかもしれないと悔いたのだった。

「富岡と飲んでた」

「富岡君と？」

田宮の目の前で、高梨の笑顔がぴく、と引《ひ》き攣《つ》る。しまった、と田宮が、自分がなぜ富岡と飲むことになったか、その説明を始めようとしたのは、富岡が高梨に対し、再三再四田宮を奪うと宣戦布告を繰り返していたためだった。

田宮にしてみれば、自分の気持ちは高梨から動きようがないのだから、富岡のことなど捨て置いてくれればいいと思うのだが、高梨は常に富岡の挑発にきっちり乗っては、彼をやりこめようとするのである。

それも高梨の嫉妬心《しっと》の表れかと思うと、嬉しいような、自分の気持ちを信頼していないのかと落ち込むような、複雑な気分に陥ってしまいながらも田宮は、ここは高梨になぜ富岡と飲みに行くことになったのか、その理由を説明しておこうと口を開いた。

「実は当然とれると思ってた大型の案件があったんだけど、今日、その客先に富岡と一緒に呼びだされて、発注を取り消されてしまったんだ。そんな勝手な話があるかと相当頭にきちゃって、そんな腹立ちを引き摺ったまま、家には帰りたくなくて……」

高梨も帰宅していないと思った、と付け足そうとしたが、それではまるで高梨の不在を狙《ねら》って飲み歩いてると思われるかもしれないと言葉を呑《の》み込んだ田宮の前で、高梨の頬《ほお》がまたぴくりと震える。

「それで富岡君と、憂さ晴らしに飲んできた、言うんやね」

「……せっかく良平が、祝杯上げようと誘ってくれてたのに、本当にごめんな」

いつの間にか笑顔が消えていた高梨の前で、田宮はまたも深く頭を下げた。

「…………」

今度は高梨は田宮に『謝らんでええ』とは言わなかった。かわりに深い溜め息の音が頭の上で響いたのに、田宮はおずおずと顔を上げた。

「あんな、ごろちゃん」

高梨の顔にはやはり笑みはなかった。不機嫌というのとも違う、怒りよりはやるせなさを感じさせる瞳で田宮を見つめながら、高梨がゆっくりと口を開いた。

「……謝らんでもええ。そないに気ぃ遣われるのはいややて、さっき言うたやんか」

「気を遣ってるわけじゃないんだ」

本当に申し訳なく思ったのだ、と言おうとした田宮の言葉を、

「遣《つこ》うとる思うよ」

ぶっきらぼうにも聞こえる高梨の呟きが遮った。

「……良平？」

いつにない高梨の語調に、田宮が眉を顰め問い返す。

「……かんにん」

自分でも言い方が乱暴だったと気づいたらしい高梨が、バツの悪そうな顔になる。

「良平こそ謝る必要ないと思うんだけど」

田宮の言葉に高梨は「まあな」と苦笑したあと、はあ、と小さく溜め息をつくと、改めて田宮の顔を覗き込んできた。

「……僕はな、ごろちゃん」

「……え？」

高梨はここで一旦口を閉ざし、暫《しばら》くじっと考え込んでいたが、やがてぽつりぽつりと、自分の気持ちを表すのにどの言葉が適しているか探すような口調で話し始めた。

「……今日ほんまに、僕にとっては嬉しいことがあってな、この嬉しい気持ちをごろちゃんと共有したい思うて、あんな電話入れてもうたんや」

「……うん……」

本当に嬉しそうな声だった、と再生したメッセージを思い起こしながら頷いた田宮に、高梨はまた、逡巡《しゅんじゅん》するように暫く黙ったあと、ぽつり、と口を開いた。

「……ごろちゃんにも都合があるいうことはわかっとるし、嬉しさを共有したいいうんは、言うなれば僕の勝手な希望や。ごろちゃんにもごろちゃんの生活があるんやし、何もかもを僕に合わせる必要はないとは思うとる……でもな」

高梨がここでまた口を閉ざす。余程言いにくいことを言おうとしているのだろうかと、田宮は目を見開き、高梨が次に何を言うのかと案じながらじっと彼の顔を見上げていた。

「……それこそこれは、勝手な僕の希望なんやけど」

ぼそり、と高梨が呟き、田宮からすっと視線を逸《そ》らせて目を伏せる。

「希望？」

問い返した田宮に、高梨は小さく頷いたあと、目を伏せたままぽつぽつと言葉を続けた。

「僕はな、嬉しいときだけやなくて、悲しいときも、腹立ってしゃあないときも、ごろちゃんとその気持ちを共有したい思うとるさかい、今夜ごろちゃんが、憂さ晴らしを外でしてきた、言うんを聞いて、なんやショックやった」

「……良平……」

思いもかけない高梨の言葉に、田宮が大きな目を更に見開き、高梨の名を呼ぶ。

「いや、ほんま、それこそ僕の我儘《わがまま》や、言うことは充分わかっとるんやけどな」

かんにん、と高梨は苦笑したが、寂しげなその笑みに田宮の胸は、ずきりと重い痛みに疼《うず》いた。

「……家にむしゃくしゃした気持ちを持ち込まへんようにしとるんは、ごろちゃんが僕を思いやってくれてるから、いうことは勿論わかっとるんや。けど、やっぱりなんや、気ぃ遣われてるようで、寂しいと感じてまうんよ」

「……良平……」

田宮の手が高梨の腕に伸び、ぎゅっとシャツの袖を握りしめたのに、高梨は伏せていた顔を上げ、田宮の胸を痛ませたあの、寂しげな笑みを浮かべてみせた。

「……ほんま、これは僕の我が儘なんやけど、楽しいことだけじゃなく、辛《つら》いことも、腹立ったことも、なんでも僕にぶつけてほしい、思うんや。憂さ晴らしを外でせんかて、ウチで僕にぶつけてくれたらええ。ええことばっかやなくて、あかんことも何もかも、ごろちゃんと気持ちを共有できたらええええと……」

「ごめん、良平、ごめん！」

切々と訴えてくる高梨の言葉を、田宮は彼の首にかじりつくようにして制した。

「ごろちゃん？」

突然の田宮の行動に、高梨が戸惑った声を上げる。

「ごめん、本当にごめん」

高梨を抱きしめる田宮の胸には、熱い思いが込み上げ、目には涙が滲《にじ》んでいた。

高梨の希望は少しも彼の『我が儘』ではなかった。嬉しいときも悲しいときも、腹立たしいときも切ないときも、すべての思いを彼と共有したいという高梨の気持ちはそのまま、田宮の気持ちに他ならなかった。

それなのに自分は高梨になんと言っただろう。

『そんな腹立ちを引き摺ったまま、家には帰りたくなくて……』

もしも高梨から同じ言葉を聞いたとしたら、やはり自分もショックを覚えただろうと、田宮は高梨の話を聞いて初めてそのことに気づいたのだった。

自分も高梨がそう言い、彼の同僚と飲みに行ったと聞かされたら、どうして自分では駄目なのかと思ってしまっただろう。仕事の話は同僚の方が通じるし、愚痴をこぼすには適しているとは頭ではわかっていても、寂しいと思う気持ちは抑えることができなかったに違いない。

高梨が感じているのはこの寂しさなのだと思うと、考え無しの言葉を告げた自分が情けなく、腹立ちすら覚えた。傷つけるつもりなどなかったのに、高梨を傷つけてしまったかもしれないと思うと、ただただ申し訳なくて、田宮は高梨の首に縋《すが》り付きながら、何度も「ごめん」と繰り返し詫びた。

「ごろちゃん、謝らんでええて」

高梨が田宮の背に両腕を回し、しっかりと彼の身体を抱き締める。

「……ほんと、ごめん」

それでも詫びるのをやめない田宮の背を高梨はぎゅっと強く抱き締めると、彼の耳元に唇を寄せ、「ほんまはな」と照れたような口調で囁《ささや》いた。

「ほんまは、ごろちゃんが憂さ晴らしした相手があの、富岡君や、いうんがなんや悔しかった、それだけなんや」

ささやかなヤキモチや、と笑った高梨には、田宮の胸に溢れる罪悪感の深さが余すところなく伝わっていたのだろう。だからこそ彼は、すべて自分のヤキモチから出た言葉だと――全て自分が悪いのだから、田宮は気にすることはないのだと言い出したに違いなかった。

「良平、本当に……」

ごめん、と繰り返そうとした田宮にもまた、そんな高梨の優しさが余すところなく伝わっていた。縋り付いていた腕を解《ほど》き、高梨の顔を見上げたその唇に、彼の背から腕を解いた高梨の指先が触れる。

「……もうええて」

な、と言いながら高梨が指先で田宮の唇をすっと撫《な》でる。その刺激にびくく、と身体を震わせた田宮に高梨は、少し困ったような顔で微笑むと、じっと己を見上げる田宮に小さくこう尋ねた。

「ごろちゃん、もう、大丈夫？」

「うん」

こくり、と首を縦に振った田宮には、高梨の質問の意図が伝わっていた。くちづけをねだるべく目を閉じた田宮に、高梨が微笑み、そっと唇を寄せてゆく。

「愛してるよ、ごろちゃん」

「俺も」

田宮の答えを待ってから高梨が彼の唇を塞《ふさ》ぎ、そのままゆっくりと田宮をベッドに押し倒してゆく。彼がタイを解いている間に田宮は自らベルトを外し、自分でスラックスのファスナーを下ろした。

唇を重ねながら互いに目を見合わせた彼らは、一旦くちづけを中断すると、二人してベッドの上で手早く服を脱ぎ捨て始めた。あっという間に全裸になった高梨と田宮が再びベッドの上でもつれ合い、くちづけを交わし始める。

「あっ……」

高梨の手が田宮の裸の胸を這《は》い、胸の突起をきゅっと痛いほどの強さで摘《つま》み上げてくる。重ねた唇の間から高い声を漏らし、堪《たま》らず身を捩《よじ》った田宮の身体は、酔いのために薄桃色になり、普段により勝る色香を醸し出していた。

「あっ……あぁっ……あっ……」

紅《あか》く染まる首筋に高梨の唇が落ちてゆき、更に紅い吸い痕《あと》を残すべくきつく吸い上げる。そのたびにびくびくと田宮の身体は震え、薄桃色から紅色に全身が染まっていった。

壮絶なまでの色気に当てられたのか、いつもであれば丹念な愛撫《あいぶ》を与えてから己の欲情の発散を試みる高梨の手が、早くも田宮の脚にかかる。両脚を大きく開かせ、高く腰を上げさせたそこへと高梨は顔を埋《うず》めると両手で押し広げたそこを舌で侵し始めた。

「あっ……はぁっ……あっ……」

舌と共に指を挿入し、ぐちゃぐちゃと中をかきまわす。入り口近いところにある前立腺を重点的に攻める愛撫に、田宮の上げる嬌声《きょうせい》は高くなり、いやいやをするように首を横に振る動きは激しくなっていった。

「んっ……」

高梨の指が、舌が、あっという間に退いていき、代わって既に勃《た》ちきっていた彼の雄がそこにあてがわれる。ぬるりとした先端で数回入り口をなで上げられたあと、ずぶり、と先端が挿入されたとき、解され方が足りなかったためだろう、田宮の眉間《みけん》に苦痛を表す縦皺《たてじわ》が寄り、唇からは小さな呻《うめ》きが漏れた。

「かんにん」

気づいた高梨が慌てて腰を退こうとすると、田宮は両脚を彼の背に回して制しようとした。

「……大丈夫」

にこ、と微笑んではいたが、彼の眉間の縦皺は消えずに残っており、痛みのせいか涙目になってしまっている。

かわいそうに、と高梨はまた、腰を引こうとしたのだが、田宮がそれを許さなかった。

「大丈夫だから」

小さく、だがきっぱりとそう言い切ると、さあ、とでもいうかのように、高梨の背に回した両脚にぐっと力を込め、己の方へと引き寄せようとする。

「……無理せんかてええよ」

「無理じゃないよ」

「せやかて」

高梨の躊躇《ためら》いは、先ほどまでの会話を田宮が気にするあまり、無理をしているのではないかと案じていたためだった。彼の表情からそれを察した田宮は、違う、というように首を横に振ったあと、少しぶっきらぼうな口調でこう言い、高梨を絶句させた。

「……俺が早く、良平のこと、欲しいんだ」

「…………」

かつて田宮は、こうした誘い文句を口にしたことがなかった。閨《ねや》での田宮はそれは貞淑で慎み深く、意識がはっきりしているうちは、喘《あえ》ぎ声さえ抑えようとする。

彼がこうして欲しいという希望を口にしたり、自分がどれだけ感じているかを語ったりするのは常に、高梨が懇願したり、ときに行為にまかせて強要した場合に限られており、彼が自ら己の欲する行為を、しかもこれほどまでに赤裸々な表現で告げたことは今までなかった。

さぞ思い切りがいったであろうことは、そのぶっきらぼうな口調と、燃えるように染まった紅い頬から窺《うかが》い知ることができた高梨の内に、堪《こら》えきれない衝動が生まれる。

身体的に辛いだろうということがわかっていながら、その衝動を抑えることができずに高梨は田宮の言葉に甘え、彼の両脚を背から外すと高く抱え上げ直した。

「あっ……」

そうして一気に腰を進めた高梨の下で、田宮の背が大きく仰《の》け反《ぞ》り、白い喉《のど》が露《あら》わになる。

「……ごろちゃん……っ」

しまった、と高梨が思ったそのとき、田宮は唇を噛《か》みしめながら顔を上げると、大丈夫だというように、小さく頷いてみせた。

「……ごろちゃん……」

「……動いて、いいから」

苦痛を必死で押し隠そうと無理に微笑むいじらしさが、高梨の胸を熱くする。

「そやし……」

辛い思いはさせたくないと、高梨はまた腰を引きかけたのだが、田宮は首を横に振り、自ら腰をぶつけてきた。

「……っ」

そこがきゅっと締まり、高梨の雄を刺激する。堪らず低く呻いた高梨に田宮がにこ、と微笑みかける、そんな可愛い顔をされてはもう我慢もできないと、高梨は更に田宮に腰を高く上げさせ、彼に覆い被《かぶ》さっていった。

「少しだけ、堪えてな」

「大丈夫……っ」

すぐよくしてやろうと思いながら高梨は、ゆっくりと腰を使い始める。丁寧な動作でぐいぐいと奥を抉《えぐ》ってゆくうち、田宮の眉間の縦皺は解け、彼の頬が紅潮してきた。

「あっ……はぁっ……あっ……」

次第に抜き差しの速度を上げてゆくと、ようやく快楽の糸口を摑んだのか、田宮がいつものように声を漏らし、身体を捩り始めた。

「あぁっ……あっ……あっ……あっ」

いやいやをするように首を横に振るのは、彼が本当に感じている証《あかし》だった。男に抱かれた経験は高梨しかないような状態の彼にとって、抱かれる『快感』が大きければ大きいほど戸惑いを覚えるらしく、興奮してくるとこうして、首を横に振るのである。

この快楽に身を任せてもよいものかという躊躇いが、彼の首を横に振らせているのだが、本人、無意識の所作らしく、いつか高梨が指摘したときには「へえ」と不思議そうに目を見開いていた。

そんなことを思い起こしながら高梨は律動のスピードを上げ、更に奥深いところを抉ってゆく。

「あっ……あぁっ……あっあっあっ」

既に田宮は苦痛から解き放たれ、快楽の絶頂目指して階段を駆け上っていた。上がる嬌声は高く、撓《しな》る身体は汗ばみ、鮮やかな紅色に染まっている。すっかり勃ちきり、先走りの液を零している雄が精の発散を求めて震えている。高梨はそれを握りしめると一気に扱《しご》き上げ、田宮を快楽の頂点へと運んでやった。

「あぁっ……」

田宮の背が一段と大きく仰け反り、白い喉がまた露わになった。高梨の手の中に白濁した液を飛ばして達した田宮の胸が、大きく上下している。

「大丈夫？」

田宮とほぼ同時に高梨も達し彼の中に精を放ったあと、はあはあと苦しげに息を吐く田宮の脚をそっとシーツへと下ろし、彼に覆い被さりながら問いかけると、田宮は大丈夫、というように大きく頷き、両手を高梨へと伸ばしてきた。

「……ごろちゃん……」

求められるままに身体を落とした高梨の背に田宮の腕がしっかりと回り、ぐっと抱き寄せられる。固い抱擁を求めている田宮に高梨も同じく彼の背をしっかりと抱き締め、息を乱す彼の呼吸の妨げにならないように、細かいキスを何度も何度も、唇に落とし続けた。

「愛してるよ」

キスと同じ回数だけ囁く高梨の腕の中で、田宮がそれは嬉しげに微笑み、高梨の背を抱き締める腕に力を込める。

「ほんま、愛してるよ」

汗のひかない華奢《きゃしゃ》な身体を抱き締める高梨の胸には、いくら言葉にしても足りないほどの、田宮への愛しさが溢れていた。

翌朝、田宮は改めて前夜のことを高梨に詫びたのだが、高梨は「ええて」と田宮の謝罪を笑って退けた。

「でも……」

「それより、あんな」

恐縮する田宮に高梨は、雪下を無事に釈放できたことのあらましを簡単に話して聞かせ、それは嬉しそうに笑ってみせた。

「ほんま、ほっとしたわ」

「……本当によかったなあ」

高梨が自分と喜びを共にしたかったのは、このことだったのか、と察しながら田宮は、しみじみとそう言い、高梨の腕をぎゅっと握った。

高梨にとって雪下がどういう存在であるか知っているだけに、田宮にも高梨の喜びの大きさがわかるし、田宮自身もまた、雪下が高梨に対し、少し心を開いたのではないかと思われる彼の言動を、非常に嬉しく感じていた。

喜びを共にするというのはきっと、こういうことなのだろうという思いが、田宮の胸に溢れてくる。

もしも高梨が雪下とのあれこれを自分に打ち明けてくれていなかったら、高梨の喜びをこうも自分のことのように感じることはなかっただろう。

高梨にとっては雪下とのことは辛い過去としかいいようのないものだったが、その辛い過去をすべて打ち明けてくれたからこそ、本当の意味で喜びを共にできるのだと察した田宮は改めて、昨夜の高梨の言葉を思い起こした。

『楽しいことだけじゃなく、辛いことも、腹立ったことも、なんでも僕にぶつけてほしい、思うんや。憂さ晴らしを外でせんかて、ウチで僕にぶつけてくれたらええ。ええことばっかやなくて、あかんことも何もかも、ごろちゃんと気持ちを共有できたらええと……』

本当にそのとおりだ、と一人頷いていた田宮の手を握り返し、高梨がそれは嬉しげな顔で微笑んでみせる。

「ほんま、ありがとな」

「……ほんま、ごめんな」

喜びも悲しみも憤りも、これからはすべてぶつけていこうと思いながら詫びた田宮の心は、高梨に通じたらしい。

「謝らんでええて。それより、何にむかついたん？」

憂さ晴らしをしてきたという話の内容を聞きたがる彼に、

「それがほんとにむかつくんだよ」

そう話し始めた田宮の顔は『むかつく』と言いながらも笑っていた。

2

雪下さんの事件が無事解決したあの日から――俺が思いもかけない逸注にむかつくあまり、富岡と自棄酒を呷《あお》ったあの日から、俺と良平との間にはまた、新たな絆《きずな》が生まれた。

一年以上も一緒に暮らしているのに、今更『新たな絆』などというのも少し照れくさいのだが、気持ちが通じ合っているとは思ってはいても、改めて話し合って初めてわかることもある、今回の件で俺はそれを身を以《もっ》て知ったのだった。

人間関係において『ここがアガリ』という地点は多分ないのではないかと思う。これからも俺はより良平に近づきたいと思うし、彼のことを更に深く知りたいと思った、その想いは多分、良平も一緒なんじゃないか、というのは俺の思い込みではないに違いない。

ともあれ、ちょっとした諍《いさか》い――というほどではなかったけれど――があったとはいえ、これまで以上に互いの絆が深まったことに、しみじみと幸せを噛《か》みしめていた俺と良平だったが、そんな俺たちのもとに、思いもかけない幸運が訪れた。

実際その幸運は『訪れた』というほど大人しく俺たちの前に姿を現したわけではなかった。まさに怒濤《どとう》のように降りかかってきたのだが、事の発端は一本の電話だった。

良平も俺も、昨夜は珍しいことに午後八時には帰宅し、一緒に夕食をとったあと、テレビを前になんとなくごろごろと——人が見たら多分『いちゃいちゃ』と——久々に二人してゆっくりと過ごせる夜を満喫していた。

「一緒に風呂、入らへん？」

「一緒はいいよ。狭いし」

「ええやないの。たまには背中の流し合いっこでもしようや」

「たまにって、先週入ったばっかだろ？」

「せやかて背中の流し合いっこはせえへんかったやないか」

「良平が俺を風呂から出してくれなかったせいじゃないか」

「せやったかな」

「何忘れたフリしてんだよ」

などと、言い争いというよりは、じゃれ合いのような会話を交わしながら、身体的にもじゃれ合っていた俺たちの耳に、良平の携帯の着信音が響いた。

「なんやろ」

途端に良平の顔に緊張が走る。夜、彼の携帯が鳴るのはたいてい捜査一課からの呼び出しだった。これから出かけることになるのだろうかと、俺まで緊張してしまいながら、良平が電話に出るのを見守っていた。

が、かけてきたのは、捜査一課の刑事ではなかった。

「はい、高梨」

いつもどおりの凜々《りり》しい声、凜々しい表情で応対に出た良平の顔が、一瞬にして崩れる。

「なんや、こないな時間に」

非難めいた口調で彼が問いかけた電話の向こうから、かなり離れたところにいる俺のところまで響いてきた声には、聞き覚えがあった。

『なんややないでしょう。あんた、偉そうな口利《き》くようになったなあ』

やかましいとしか言いようのない声の主に、良平が嫌そうな顔で答えている。

「そやし、『非通知』なんぞでかけてくるさかい、本部からの呼び出しや思うたんよ」

『知らんわな。そないな設定にはしてへん思うよ』

良平の非難をばっさりと切り捨てたその相手が、更にでかい声で今度は俺のことに言及してくる。

『そうそう、ごろちゃんは元気やの？　たまには顔出しなさい言うてや。嫁なんやから』

俺を『嫁』と呼ぶこの女性——天下の警視庁捜査一課勤務の警視に向かい、『偉そうな口、利くようになったなあ』とまさに偉そうな口を叩《たた》いたこの女性は実は——。

「それより、なんぞ用か？　姉貴」

大阪在住の良平の姉、十三歳年上のさつきさんだった。

良平の兄弟構成は、俺の予想を裏切るものだった。

なんとなく彼には下に兄弟がいるのではないかと思っていたが、実は四人兄弟の末っ子だった。それも長兄とは十五歳、長女とは十三歳、次女とは十歳差がある、年の離れた末っ子である。

半年ほど前俺は良平と一緒に彼の実家を訪れ、家族に紹介してもらったのだが、その際良平は「嘘はつきたくないんや」と俺を「嫁さん」扱いし、高梨家は大騒ぎになったのだった。先に良平が「嫁さんを連れていく」と宣言していたせいで、既に嫁いでいた姉たちが実家で今や遅しと俺たちが現れるのを待っていたのだが、彼女たちがまたなんというか、あまり物事には動じないはずの俺も動揺のしっ放しになってしまったという、かなり強烈な女性たちだった。

長女はさつきさんといい、目鼻立ちのはっきりした美人だった。良平の十三歳上とのことだったが、良平より三つ四つ上にしか見えない。いかにもいいところの奥様然とした雰囲気の持ち主なのだが、一旦口を開くと、『大阪のおばちゃん』になるという、それはやかましい女性だった。

勿論《もちろん》『大阪のおばちゃん』全員がやかましいという意味ではないと、一応言い添えておくが、喋《しゃべ》り始めると止まらない上に口を挟むことができない。このマシンガントークという特徴は、次女の美緒《みお》さんにも備っていた。

どちらかというと美緒さんの方が良平に顔立ちは似ていた。一見大人しやかな京風美人であるのだが、実は彼女は、さつきさん以上に血気盛んで、二人が揃《そろ》って喋り倒す迫力に俺は、すっかり気を呑《の》まれてしまったのだった。

さつきさんと美緒さん、それに良平のおふくろさんは、俺が良平の『嫁さん』と知ると、「ええええーっ」と驚き倒したのだが、驚くほどに立ち直りは早く、ありがたいことに俺を『嫁さん』と認め、可愛《かわい》がってくれるようになった。

普通に考えれば、自分の兄弟の――おふくろさんにとっては息子の『嫁』が男だなどということを認めてもらえるわけがない。それゆえ剛胆といおうか、柔軟性があるといおうか、笑顔で俺を迎え入れてくれたおふくろさんと姉さん二人には俺は、感謝してもしきれないものを感じていた。

一人だけ年の離れた末っ子を、姉たちは、そして母親は、それは可愛がっていて、彼が――良平が幸せでさえあればかまわないと思っていたから、相手が男の俺でも認めてくれたのではないかと思う。

さすがに長兄の康嗣《やすし》さんは、ここまでおおらかに受け入れてはくれなかったが、それでも俺を非難することはなく、そんな愛情溢れる良平の家族と俺とは、この半年のうちにかなりうち解けた仲になっていた。

『用がなかったらかけたらあかん、言うんやないやろね』

さつきさんが電話の向こうで尖《とが》った声を出す。

「誰もそないなこと、言うてへんがな」

さすがの良平も姉二人の前ではタジタジとなってしまうのだが、今夜もそれは同じだった。

『言うたやないの。ほんまにまあ、私におしめ替えてもらった恩も忘れてなあ』

「おしめはええて。なんぞ用でしょうか。お姉様」

良平がこれでもかというほど下手に出てようやく、さつきさんは『用件』を話す気になったようだった。

『あんたもようやく礼儀が身についてきたなあ』

けらけらと笑ったさつきさんの声が、室内に響き渡る。何がすごいって良平は別にスピーカーホンにしているわけではないのに、それでも声がここまで鮮明に聞こえるということだ。一体何ホーンくらいの大きさで喋っているのかと思いながら俺は、聞くとはなしに二人の会話を聞いていた。

「せやから、用はなんですか、お姉様」

『そうそう、それなんやけどな、あんた、温泉行かへん?』

「温泉？」

良平が戸惑った声を上げる。

『せや。こないだ箱根の豪華温泉旅行の旅いう懸賞が当たったてな、行く気満々やったんやけど、今年かおるが受験やろ？　近場やったら一日くらい、思うたんやけど、箱根いうたらコッチから行くんは遠いやんか。そやし、東京在住のあんたに譲ったろか、思うて電話したんよ』

「そら有り《あ》難《がた》い話やけど……」

良平の相槌《あいづち》に電話の向こうのさつきさんの声のトーンが一段と上がった。

『せやろ？　しかもこの宿、普通に泊まったら一泊五万以上するんやで？　すごい思わへん？　全国の有名温泉旅館での宿泊プレゼント、いう懸賞やったんやけどな』

「全国やったら、関西の温泉もあったんちゃうんか？」

『あったあった。でもな、宿泊代見たら、箱根が一番高かったんや。せっかくやから一番えとこにしといたろ、思うてな』

まさか当たるとは思わんかったわ、と豪快に笑うさつきさんに、それならなぜ懸賞になど応募したのだと、俺と良平は脱力してしまい、はあ、と目を見交わし溜《た》め息《いき》をついた。

『どうせあんたのことやから、忙しい忙しい言うて、嫁さん孝行してへんのちゃう？』

だがその良平も、さつきさんに図星を指され、うっと言葉に詰まった。

『やっぱりなあ。そうやないかと思ってたんよ。あんた、ごろちゃん大事にせなあかんよ？』

「わかっとるがな」

『わかっとったら、温泉の一つも連れていってあげなさい。捨てられても知らんよ。家に帰ったらぺらりと一枚書き置きが、なんちゅうことになったら、泣くに泣けへんやろ？』

「人の家庭を勝手に壊さんといてや」

良平の抗議の声を綺麗に聞き流し、『せやから！』とさつきさんが力強い声を出す。

『温泉、行って来なさい。一泊五万やで？　一ヶ月先まで有効の券やから、二人で休みとって、嫁さん孝行してきなさい。ええな？』

「そら有り難いけど、でもな、姉貴」

『宿泊券は、明日、黒猫さんで送るわ。そしたらな』

喋りたいことだけ一方的に喋り倒すと、さつきさんはあっさり電話を切ってしまった。

「もしもし？　姉貴？」

なんや、切られてもうた、と呆《あき》れた声を上げた良平も電話を切り俺を見る。

「温泉やて」

「……うん……」

聞こえてた、と頷《うなず》いた俺の正直な気持ちは、『行きたいな』というものだった。

良平の仕事が多忙である上に、休みが不定期のため、俺たちは旅行という旅行をしたことがない。それを不満に思ったことは一度たりとてないのだが、それは彼と旅行をしたくないという意味では勿論なかった。

今までに温泉と軽井沢にそれぞれ一泊ずつ出かけたことがある。一泊二日、しかも軽井沢に出かけたときには、急に良平に捜査一課から呼び出しがかかり夜到着して朝帰宅するという慌ただしい旅になったが、それでも俺にとって、そして多分良平にとってそれは楽しい思い出になっていた。

箱根だったら、東京から一時間ほどで行ける距離だ。できることならまた良平と温泉旅行に行きたいが、彼の多忙さを思うとその希望を口にすることはできなかった。

彼は俺に、自分の休みが不規則なことや、夜討ち朝駆けで出かけざるを得ないことを申し訳なく思っているとなにかにつけ口にする。

『ほんまやったら、ゆっくり旅行もしたいんやけどな』

計画を立てたところで、事件が起これぱキャンセルせざるをえないことがわかっているだけに遠出は絶対にできないと、常に詫《わ》びてくる良平にいくら近場だからとはいえ箱根に行こうとは、俺にはとても言えなかった。

なので良平が「どないする？」と聞いてきたのに俺は、「うん」と曖昧《あいまい》に頷いたのだけれど、そんな俺のリアクションは良平に、俺があまり乗り気ではないと思わせたらしい。

「そないなこと、急に言われても困るわなあ」

苦笑し肩を竦《すく》めてみせた彼が再び携帯を握り直す。さつきさんに断りの電話をかけるのかな、と思った俺の口から思わず、小さな声が漏《も》れた。

「あのさ」

「なに？」

携帯の画面を見ていた良平が顔を上げて俺を見る。

「……なんでもない」

しまった、と俺は慌てて笑って首を横に振ったのだが、良平にはしっかり不審に思われてしまったらしく、「どないしたん？」と眉《まゆ》を顰《ひそ》め、俺へと近づいてきた。

「なんでもないよ」

「なんでもない、ちゅう顔ちゃうな」

じっと俺の顔を見下ろす良平の表情が厳しくなる。まさにやり手の刑事の目ともいうべき眼差《まなざ》しに晒《さら》され、容疑者さながらに俺は腋《わき》の下にびっしょり汗をかいてしまいながら、

「なんでもないって」

そう笑って誤魔化すと、「風呂にお湯、張ってくる」と立ち上がろうとした。

「ごろちゃん」

そんな俺の腕を良平が摑《つか》み、俺の足を止めさせる。

「なに？」

「もしかして、温泉行きたいんちゃう？」

「…………」

にっと笑って問いかけてきた良平を前に、図星を指された俺は一瞬言葉を失ってしまった。

「やっぱり行きたいんやろ？」

黙り込んだ俺を胸に抱き寄せながら、良平がそう笑いかけてくる。

「……行きたいけど、でも……」

良平が無理だと思ったというのも嫌味だし、無理はしてもらいたくないと思ったというのも恩着せがましい。かといって『行きたくない』と言えば嘘になる。どう答えようかと言葉を選んでいた俺は、良平があまりにあっさりと、

「行こ」

そう言い、にっこり微笑《ほほえ》んできたのに、思わず驚きの声を上げていた。

「行けるのか？」

「箱根やろ？　一泊くらい、なんとかなる思うよ」

「なんとかって……」

やっぱり無理することになるのか、と思い俯《うつむ》いた俺の頬に、良平の手が添えられる。

「ごろちゃんが忙しくて無理、言うんなら諦《あきら》めるけどな」

「無理じゃない！」

思わず顔を上げ、大きな声を出してしまった俺の目の前で、良平の端整な顔が笑みに綻《ほころ》んだ。

「なんや、やっぱりごろちゃん、行きたかったんやないか」

「いや、その……」

あからさま過ぎたか、と頬を赤らめた俺に良平が覆い被《かぶ》さり、こつん、と額をぶつけてくる。

「また、僕に気ぃ遣うたんちゃう？」

「そうじゃないんだけど」

「いや、遣うた」

「……気を遣ったっていうか……」

じっと俺の目を見下ろしてくる良平の真摯《しんし》な眼差しの前には嘘や出任せを言うことができず——勿論、彼に嘘や口から出任せを言ったことはないのだけれど——俺は正直な胸の内を告げることにした。

「確かに箱根には行きたいと思ったけど、良平が一日休みを取るのがどれだけ大変か知ってるから、無理してほしくなかったっていうか……」

「それが気ぃ遣いやって言うんよ」

まったく、と良平が苦笑し、俺の言葉を遮った。

「だから気を遣ったわけじゃなくて」

「もうええて。ごろちゃんは温泉に行きたい、僕も行きたい。せやからお互い、多少の無理はしようやないか」

「……良平」

な、と微笑んでくる良平がまた、こつん、と俺に額をぶつける。

「二人で相談して、休みとる日、決めよ。土日やなかったら、ごろちゃんかて無理せなならんようになるやろ？」

「いや、全然無理じゃないし……」

首を横に振る俺に、「またまた」と良平が笑ったのは、このところ俺がずっと残業続きの日々を送っていたからだった。

「自分かて忙しいのに、なんで僕ばっか忙しい思うかな」

「忙しさの種類が違うよ」

「違わへんて」

「違うよ」

「違わへん」

いつしか口論めいたやりとりをしていた俺たちは、ほぼ同時に論点がズレていることに気づき、互いに笑い合った。

「温泉、行こ？」

良平が囁《ささや》くようにそう言い、俺に唇を寄せてくる。

「……うん」

多分良平は休みをとるため、相当無理をするんだろう。そしてもしかしたら俺もまた、多少の無理をすることになるかもしれない。

お互いの『無理』を申し訳なく思い合うことも大事だけれど、俺が良平のために『無理』を厭《いと》わないように良平もまた俺のためなら『無理』することを厭わない——互いのためにする『無理』は互いにとっては『無理』なんかじゃない、という考え方も確かにある。

今回はその考えに甘えてもいいよな、と思いながら頷いた俺の唇を、にっこりと目を細めて微笑んだ良平の唇が塞《ふさ》ぐ。

「ん……」

熱いくちづけを交わし、互いの身体《からだ》を抱き締め合う俺の胸には、良平の唇以上に熱い想いが溢れていた。

翌日、出社早々俺は、先輩の杉本《すぎもと》さんに、もしかしたら来週、休みを取るかもしれない、とあらかじめのお伺いを立てた。というのも、今俺が取り組んでいる案件を一緒に追っているのが杉本さんだったからだ。

「休め休め」

体育会系ラグビー部出身の杉本さんは、豪放磊落《ごうほうらいらく》、その上面倒見がいいというナイスガイなのだが、今まさに佳境というときであるにもかかわらず、笑って俺の有休申請を受け入れてくれた。

「ほんと、申し訳ありません」

「何いってんだよ。お前、この数ヶ月、一日も休んでないじゃないか。このところ毎晩深夜残業だし、たまにはゆっくり羽根、伸ばせや」

な、と俺の肩を叩いてくれたあと、杉本さんは恐縮する俺に、好奇心溢れる視線を向けてきた。

「有休の予告ってことは、旅行かなんかか？」

「ええ、そうなんです」

隠すのも何かと思い頷くと、杉本さんの顔がますます好奇心で輝いた。

「なんだよ、どこ行くんだ？　海外か？」

「いや、近場です。一泊二日で」

「なんだよ、お前、来週休むってたった一日二日のことなのか？」

杉本さんはどうも俺が、一週間まるまる休むと勘違いしたらしかった。呆れたようにそう目を見開いたあと、「いいか？」と彼は、面倒見のいい先輩らしく、俺に意見し始めた。

「社会人たるもの、メリハリが大事なんだよ。休むときにはがっつり休めや。一泊二日なんてケチなこと言わずにさ」

「……はあ……」

俺の有給休暇の取得率が著しく低いことを、杉本さんはずっと気にしてくれていたらしい。実際俺が会社を休まないのにはさしたる理由があるわけでもなく、まあ、来れば仕事があるし、休んだところで行く場所もないし、というだけのことだったのだが、杉本さんは俺をワーカーホリックとでも思っているようだった。

「仕事仕事と優先してると、彼女にだって逃げられるぞ？　来週の旅行も彼女と行くんだろ？」

「……ええ、まあ……」

いたってノーマルな杉本さんは、俺の恋人は女の子だと思い込んでいた。俺もまあ、敢《あ》えて『いや、彼氏です』と訂正することもないかと彼の勘違いをそのまま流している。

「それなら尚更だよ。田宮、お前、一泊二日だなんてケチなこと言わずに、一週間まるまる休んで海外にでも行ってこいよ」

「いや、それは……」

行けるものなら行ってみたいが、そうもいかないのだ、と思いやり溢れる杉本さんの言葉を俺が遮ろうとしたそのとき、

「彼女にも彼女の都合があるんですよ、ね、田宮さん」

いきなり背後から響いてきた声に、俺も、そして杉本さんも驚き、声の主を振り返った。

「なんだよ、富岡。お前、勝手に人の話に入ってくんなよな」

声をかけてきたのは、いつの間にか出社していた富岡だった。杉本さんがじろりと富岡を睨《にら》む。根っからの善人である杉本さんは、富岡が俺にいろいろとちょっかいをしかけてくるのを、俺への嫌がらせだと信じていて、常に俺を庇《かば》おうとしてくれるのである。

その気遣いが口さがないOLたちの間で、俺を巡る『杉本さんと富岡の三角関係』という噂《うわさ》になっているのだが、それを杉本さん本人が知らずにいるのは幸いだった。

「そりゃ失礼しました」

富岡がとってつけたように頭を下げてきたのに「お前なあ」と杉本さんが怒声を上げる。

「杉本さん、それでD工業へのアポなんですが」

またも新たな『噂』にでもなったら悪いと俺は、慌てて杉本さんに、仕事の話を振った。

「おう、プレゼンは明日だったよな」

「ええ、それでプレゼン資料なんですが、もう一ひねり欲しいかと思うんですけど」

「そうだな」

有り難いことに単純な杉本さんは、すぐに富岡への怒りを忘れ、俺との打ち合わせに没頭してくれたのだが、とても単純とはいえない富岡は朝のこのやりとりをしつこく覚えていて、昼食前に杉本さんが外出した途端に、俺に絡み始めたのだった。

「田宮さん、来週、休むんですか？」

「お前に関係ないだろ」

「そんな冷たいこと言わないで」

一人社食に向かおうとした俺のあとに富岡はへばりつき、話を聞き出そうとする。また女性社員にでも見られたら噂になると、俺は「冷たくて結構」と彼を振り切ろうとしたのだが、そのとき内ポケットに入れた携帯が着信に震えたのに、誰だろうとディスプレイを見た。

「？」

見知らぬ番号に首を傾《かし》げつつ応対に出た俺の耳に、甲高《かんだか》い声が響いてくる。

『もしもし、ごろちゃん？　美緒です。今、ちょっとええかしら』

「美緒さん？？」

なんと俺に電話をかけてきたのは、良平の二番目のお姉さん、見た目京風美人、中身大阪のおばちゃんの、美緒さんその人だった。

「あ、ごろちゃん！　こっちこっち！」

美緒さんはなんと、俺の会社までやってきていた。慌ててエレベーターでロビーに降りたところに、相変わらずのしっとりとした美貌《びぼう》を笑顔で綻ばせている美緒さんが俺に向かって手を振ってくる。

「どうも、お久しぶりです」

「堅苦しい挨拶《あいさつ》はええて。それより、お昼行かへん？　もう、お腹《なか》ぺこぺこなんよ」

マイペースなところも相変わらずの美緒さんがそう言い、俺の手を引いて歩き出そうとする。

「あ、はい……」

何がなんだかわからないながらも、とりあえずどこに連れていくかと俺が頭を巡らせたそのとき、

「和食洋食中華、何がよろしいでしょうか？」

なぜか俺のあとについて一緒にロビーへとやってきた富岡が後ろから声をかけてきて、美緒さんの注意を引いた。

「あら、こちらの方は？」

美緒さんがよそ行きの顔になる。初対面の相手にはさすがに地が出せない、というよりは、声をかけたのが見た目だけはどこのヤングエグゼクティブかと思わせる——まあ、中身も充分優秀なのだが、何せ性格が破壊されている——富岡だからかもしれなかった。

「初めまして。田宮さんの後輩の、富岡雅己《まさみ》と申します」

まさにヤングエグゼクティブばりににっこりと微笑み、スマートな仕草で名刺を差し出す富岡に、美緒さんの目がハート形になった——のは、俺の気のせいではなさそうだった。

「まあ、ご丁寧に申し訳ありません。わたくし、山下《やました》美緒と申します」

両手で名刺を受け取っている美緒さんを見て、俺は、なぜ彼女が俺の携帯番号を知っているかを今頃察した。近頃弊社の名刺には、会社が支給した携帯電話の番号を入れるようになり、その名刺を先日美緒さんと、それにさつきさんにねだられて渡したからだった。

「山下さんは、田宮さんとはどういう？」

富岡がまたもにっこりと微笑み、美緒さんに問いかけている。

「義理の姉ですわ」

「み、美緒さん？？」

あまりにするりと答えた美緒さんに、慌てた声を上げた俺の横で、富岡が「あ」と大きな声を出した。

「もしや、高梨警視のお姉様ですか」

「あら、良平をご存じですのん」

ロビー中に響く声で尋ねた富岡に、美緒さんが嬉《うれ》しげに頷いている。

「ええ、存じてます。それはもう、いやっていうほど……」

「そ、それで美緒さん、食事、どこに行きますか？」

引き攣る笑みを浮かべた富岡が下手なことを言い出す前にと、俺は慌てて美緒さんの腕を取り、社の外へと向かって歩き始めた。

美緒さんの希望で大手町の某ビルの中にある、洒落《しゃれ》たイタリアンレストランに腰を落ち着けたその中に、なぜだか富岡がちゃっかり座っていることに俺は、心の中で溜め息をついた。

「高梨警視のお姉さんですか」

へえ、と感心した声を上げた富岡は、さすが商社マンとも言うべき流暢《りゅうちょう》な会話を繰り広げ、良平の家族構成をあっという間に聞き出してしまった。

「それにしてもお綺麗《きれい》ですねえ」

「まあ、富岡さんはほんま、お口がお上手ですわねえ」

ほほ、と美緒さんは最初のうちこそ上品に笑っていたが、ウルトラマンのカラータイマーよろしく、ええところの奥様モードも三分しか持たないようで、メニューを頼み、せっかくだからと富岡が注文したグラスワインを手に取るころにはすっかりいつもの『大阪のおばちゃん』モードに代わっていた。

「そうそう、ごろちゃん、昨日、さっちゃんから電話あったでしょう」

『さっちゃん』というのはさつきさんのことだ。

「はい、りょうへ……高梨さんの携帯に」

富岡に気を遣い、良平を名字で呼んだ俺に、

「なんや、他人行儀やないの」

美緒さんはけらけらと笑ったあと、ナイフとフォークを置いて、ハンドバッグから一枚の封筒を取り出した。

「はい、これ」

「これ？」

なんだろう、と思いつつ差し出された封筒を受け取った俺に、美緒さんが「にやにや」としか表現できない笑いを浮かべてくる。

「黒猫さんの代理で届けにきたわ」

「黒猫さん？」

意味がわからないながらも封筒を開けた俺は、中から出てきた『宿泊券』の文字に、「あ」と声を上げてしまった。

「さっちゃんが夕べ、黒猫さんで送る、言うとったでしょう。あのあとあたしがさっちゃんに電話して、今日東京行く用事ある、言うたら、それならついでに届けてやて頼まれてな」

「あ、ありがとうございます」

美緒さんの旦那さんは大手銀行勤務なのだが、来月から東京転勤になるのだそうで、今回美緒さんは新居を見に来たのだそうだ。

「子供の学校があるさかい単身赴任なんやけど、これからはちょくちょく、東京に寄らせてもらうわ」

良平が聞いたら『勘弁してや』と言いそうなことを言う美緒さんの話を俺が聞いているうちに、富岡が横からひょいと手を伸ばし、俺がテーブルに置いた宿泊券を取り上げた。

「おい」

「あ、すごいな。箱根の華やといったら、一泊五万円はくだらないという超高級旅館じゃないですか」

勝手に人のものを見るな、と宿泊券を取り上げようとした俺に、逆にそれを返してくれながら富岡が、ああ、と納得した顔になった。

「来週田宮さんが休むのって、この『華や』に行くからなんですね」

「…………」

お前なあ、と富岡を睨んだ俺の代わりに、美緒さんが明るい声で答える。

「せや、私ら姉からのプレゼントやもんな。たまには夫婦水入らずで、ゆっくり温泉に行くのもええんやないかと」

「み、美緒さん」

俺を『嫁』と認めてくれるのは本当に有り難いのだが、人前で——しかもこの富岡の前で、それを言われるのはちょっと、と慌てて美緒さんの言葉を遮ろうとした俺に、美緒さんが「なんやの」と小首を傾げ、問いかけてくる。

「い、いえ、その……」

「ああ、かんにん。せやねえ。ごろちゃんにも立場、言うもんがあるのに、後輩さんの前であまりにあけすけやったわねえ」

美緒さんはすぐに俺の言いたいことに気づいたらしいが、その言葉こそがまさに『あけすけ』なのだと頭を抱えそうになった俺は、にっこりと見惚《みほ》れるような笑みを浮かべた富岡が返した言葉に、更に頭を抱えることとなった。

「どうかお気になさらず。高梨さんと田宮さんのことは、僕もよおく、それはよおく存じていますので」

「と、富岡……」

一体何を言い出すのだと、俺は、『よおく』にこれでもかというほどアクセントをつける富岡へと視線を向けた。

「まあ、ごろちゃん、あんた良平とのこと、会社でオープンにしてはるの？」

美緒さんが驚いた声を上げるのに、「い、いえっ」と慌てて訂正を入れようとした俺の声に被せ、富岡が高らかに宣言する。

「いえ、社内で知っているのは僕だけです」

「あら、なんで？　富岡さんはそないにごろちゃんに信頼されとるの？」

美緒さんがちょっと感心した声を上げるのに、富岡はまた、にっこりと嫌味なくらいに決まった笑みを浮かべ、大きく頷いてみせた。

「ええ、田宮さんと僕とは信頼の絆で結ばれているんです」

「何が信頼の絆だっ」

いつ俺とお前の間にそんな絆が、と怒鳴りつけた俺に、富岡がさも心外だといわんばかりの顔になる。

「いやだなあ、田宮さん、何照れてるんですか」

「照れてないっ！　お前なあ、嘘八百並べ立てるなよ？」

「嘘だなんて、酷《ひど》いじゃないですか。今は信頼の絆で我慢しますけどね、そのうちにそれを愛情の絆に……」

「馬鹿じゃないかっ」

「なんですってえ？」

俺の怒声に被さり、美緒さんの仰天した声が店内に響き渡った。

「なんや、ごろちゃん、あんたまさか、浮気しとるんや……」

「してませんっ！」

「浮気でも僕はいいんですけど」

「富岡、お前、暫《しばら》く黙ってろっ」

「こないな可愛い顔しとるのに、まさか浮気やなんて……」

「だから浮気なんかしてませんって！」

富岡のチョイスである、高級感溢れるイタリアンレストランの店内がまさに、阿鼻叫喚《あびきょうかん》とも言うべきものすごい騒ぎになる。

「お客様、他のお客様のご迷惑になりますので……」

最後には見かねた店員に注意を施されるまで騒ぎ倒した美緒さんに、なんとか俺が浮気などしていないということを理解させることができた頃には、俺はゆうに三日分のエネルギーを使い果たしていた。

「そしたらこの富岡君が、横恋慕しとるだけっちゅうことなんやね」

ああ、ほっとしたわ、とすっかり喉《のど》を嗄《か》らした美緒さんがそう言ってくれたとき、自分の努力が報われたことを俺は心から嬉しく思った。

「今は横恋慕ですが、そのうちに正面から切り込みたいと思ってます」

「お前、頼むからもう、余計なことは言わんでくれ」

もう富岡を怒鳴りつける気力もなく、懇願モードに入った俺とは対照的に、まだまだ元気溢れる美緒さんは、好奇心丸出しの視線を富岡へと向けていた。

「こないなハンサムさんに横恋慕されるやなんて、さすがはごろちゃんやねえ」

面白いやないの、と笑う美緒さんに、富岡が「恐れ入ります」とやはり微笑み頭を下げる。

全然面白くない、と心の中で溜め息をついていた俺の前では、「さっちゃんにも教えたらな」と美緒さんがやたらとうきうきした顔になっている。

頼むからこれ以上騒ぎを大きくしないでほしいという俺の切なる望みを裏切るように、美緒さんは富岡にあれこれと質問を始め、富岡は富岡で調子に乗ってどれだけ自分が俺を好きかをこれでもかというほどに情熱的に答えて、俺をいたたまれなさの頂点に追いやってくれたのだった。


「そしたらごろちゃん、富岡さん、またな」

結局午後二時すぎまでイタリアンレストランで一緒に過ごしたあと、美緒さんは元気に手を振り新居に向かっていった。

「…………」

美緒さんが良平ではなく俺に連絡をとったのは、警察官の良平よりも、一般企業勤務の俺のほうが、平日の昼間に呼び出しやすかったからだというが、今回に限っては良平を選んでくれたほうがどれだけ助かったか、と遠ざかってゆく彼女の背中を見ながら俺は、深く深く溜め息をついてしまった。

「いやあ、楽しいお姉さんでしたねえ」

俺の溜め息の根源、富岡が横から呑気《のんき》な声をかけてくる。いつもであれば罵倒《ばとう》し倒してやるのだが、疲れ果てた俺にはその気力は既になく、またも俺はただただ深く、溜め息をついてしまったのだった。

ものすごい脱力感を伴いはしたが、なんとか無事に切り抜けられた——と思った自分の考えがいかに甘いものだったか、俺が思いしらされるのには、それから一週間の時を要した。

話は、田宮が良平の姉、美緒から温泉宿の宿泊券を受け取った日より、二日ほど前に遡《さかのぼ》る。

その日は神奈川県警刑事部副部長逮捕の日で、祝杯を上げようという誘いを高梨から断られた納は、一人アパートに帰るのもわびしいと新宿の街をうろうろしていた。

同僚の誰かを呼び出すかと一旦は携帯を取り出したものの、話題は今日の副部長逮捕のことに終始するのだろうと思うと、それもまた憂鬱《ゆううつ》で——逮捕された副部長が納の古い知り合いであることと、逮捕に至るにはそれなりの深い事情があったため、できればその話題を避けたかったという、心優しい新宿サメならぬ新宿熊の足は、こうした行き場のない夜に彼がいつも訪れている場所へと——新宿二丁目の、彼の抱えている情報屋の店へと向いていた。

新宿二丁目のバー『three friends』は、場所柄から察することができるとおりのゲイバーなのだが、店が本来の客——ゲイたちで混《こ》み出すのは深夜零時を過ぎる頃で、それまでの間は客もあまり集まらず、納はときどき一人飲みたい夜などにこの店を訪れていた。

店主の名はミトモといい、外国人モデルのような彫りの深い綺麗な顔立ちをしている。だが彼の美貌は暗い店内でのみ有効で、たぐいまれなるメイクテクが作り上げた虚像であるというのがもっぱらの噂だった。

新宿二丁目に店を構えて十年とも二十年ともいわれる彼は、間違いなく二丁目の顔であり、さまざまな情報が彼のもとへと集まってくる。情報屋としての彼を納に紹介してくれたのが新宿署の先輩刑事だったためか、はたまた見た目は納よりも随分若いが、実年齢がかなり年上であるためか、納のことをまるで弟、もしくは手下のように可愛がっているという、一見美貌の情報屋なのだった。

納がミトモの店に到着したのは、午後十時を回る頃だった。店の戸を開けようとノブに手をかけたちょうど同じタイミングでドアが開き、中からあまりに見覚えのある人物が顔を出した。

「おう、サメちゃん」

「あ、どうも」

ドスの利《き》いた声を上げ、屈託なく笑いかけてきたのはなんと、納にミトモを紹介してくれた新宿署の先輩刑事だった。

「なんでえ、一人ぼっちかよ」

彼は既に随分酔っているようで、ガラガラ声がいつも以上に響き渡っている。

「ええ、まあ」

「おら、いつまで突っ立ってんだよ。出れねえだろっ」

と、その先輩刑事の背後で更にガラの悪い声がしたかと思うと、ドサッという音とともに先輩刑事がドアの外へと飛び出してきた。どうやら背後にいた男に、背中を蹴《け》られたようである。

納がついつい避けてしまったため、路上に転がることとなった先輩刑事が、「いてぇなあ」と言いながら立ち上がり、ぎろりと彼を蹴り出した男を睨《にら》み付けた。

「てめえ、やる気か？」

「てめえがぼんやり突っ立ってるからじゃねえか」

腕まくりをする先輩刑事に臆《おく》することなく、更に迫力ある三白眼《さんぱくがん》で睨み返した男もまた、納の知り合いだった。

「いい加減にしろよ？　今はお前が通行の邪魔だ」

どこからどう見てもヤのつく自由業にしか見えないその三白眼の男を――因《ちな》みに納の先輩刑事も、一見どころか十見しても、ヤクザにしか見えないのだが――傍《かたわ》らから諫《いさ》める、彼らよりは一回りも二回りも華奢《きゃしゃ》な美青年もまた、納の見知った男である。

「なんでえ、サメちゃんか。どうした、ミトモになんぞ用か？」

三白眼の男は、実は東京地検特捜部の検事なのだった。目つきは悪いが人はいい彼が、笑顔を向けるその横では、

「どうも、納さん、ご無沙汰《ぶさた》してます」

ヤメ検の弁護士の眼鏡美人が、見惚《みほ》れるような笑顔を納に向けてきた。

「悪いね、いつものとおり、こいつら酔っぱらってるもので」

眼鏡美人が申し訳なさそうにそう言い、肩を竦《すく》めて見せるのに、

「なんでぇ、一人だけいい子になりやがってよ」

悪態をついた納の先輩刑事も、そして三白眼の検事も、相当酔っぱらってるようだった。

「ほら、人様の迷惑にならないうちに帰るよ？」

一人だけしっかりしている様子の弁護士がヤクザ姿の二人を促し、納に向かって頭を下げる。

「それじゃあ、また」

「お疲れさまです」

猛獣使いさながらに二人の酔っぱらいの大男を従え美貌の弁護士が立ち去っていくのを見送ったあと、納は彼らと入れ違いに、バー『three friends』へと入っていった。

「あら、いらっしゃい」

店内に客は誰もおらず、店主のミトモが疲れ果てた顔でカウンターを一人片付けていた。

「まったく、新宿署の刑事は教育がなってないんじゃないのお？」

綺麗に口紅を塗った形のいい唇をとがらせてみせるミトモに、納は無言で肩を竦めてみせる。

「あら、ノリが悪いじゃない」

悪態には悪態で答えるのが常である納を訝《いぶか》り、ミトモはよく手入れされた形のいい眉を顰めたが、深く追及することはなかった。

「お座んなさいよ。何飲む？　ボトルならさっき、先輩が空けちまったわよ」

「マジかよ」

げ、と声を上げた納の前で、カウンター越し、ミトモがそれは艶《あで》やかに微笑《ほほえ》んだ。

「ニューボトル、ありがとうございます」

「冗談じゃねえぜ」

まったくよう、と嘆く納の声と、けらけらと笑うミトモの声が、狭い店内に響き渡った。

「まあ、いつもどおりのことなんだけどさ、本当にしょーもない理由で喧嘩《けんか》になるの。器物損壊で訴えるって怒鳴りつけてやって、やっと収まったのよ。仲がいいのはわかるけど、だからって店内のもの壊すほどのとっくみあいされちゃあ、迷惑よねえ」

ニューボトルのショックにますます口が重くなった納相手に、ミトモは彼の先輩刑事をひとしきり詰《なじ》っていたが、やがて随分と酒が進んだ頃、

「で？」

と話題をようやく納へと振ってきた。

「なんだよ」

「ガラにもなく今夜は寂しそうだと思ってね」

何があったのよ、と尋ねながら、ミトモが納のグラスに、カランカランと氷を落とす。

「別に何もねえよ」

ぶすっと答えた納は、続くミトモの言葉に訝しげに眉を寄せた。

「てっきり喜びぃさんで来るかと思ったんだけど？」

「なんだって？」

問うた瞬間、察した納が、

「ああ」

なんだ、と少し嫌そうな顔になる。

「相変わらず情報が早ぃな」

「そりゃ商売ですから」

当たり前よ、と胸を張ったミトモが、ドバドバとウイスキーを注《つ》ぎ、「はい」とグラスを納の前へと差し出した。

「雪下さん、釈放されたそうじゃない。よかったわね」

「まあな」

頷き、グラスを手にとった納の前で、ミトモが意外そうな顔をした。

「あら、あまり嬉《うれ》しそうじゃないわね」

「嬉しいに決まってんだろ」

言葉とは裏腹にブスッと乱暴に言い捨てた納が、グラスの酒を一気に呷《あお》る様をミトモはじっと見つめていたが、何も言わずに彼からグラスを受け取り、新たな酒を注いで寄越した。

「…………」

納の前に置かれたグラスの中で、カラン、と氷が微《かす》かな音を立てる。

「そういや、あの子、元気かしらね」

「……ああ」

ぽつりとミトモが呟《つぶや》くように告げた言葉を聞いた納の脳裏に一人の青年の姿が浮かんだ。

雪下がすべてを擲《なげう》ち守ろうとしたあの青年——悲しい宿命の末、人一人手にかけてしまったあの青年は今、人生をやり直すべく己《おのれ》の犯した罪を償っている。

「……よかったわよね」

ミトモが再びしみじみとそう呟いたのに、納もまた、「ああ」と静かに頷いた。

「よかったよな」

あの青年のためにも、無実の雪下を救うことができて本当によかった、と思う納の脳裏にふと、雪下もまた、今夜孤独を抱えて過ごしているのかもしれないなという思いが過《よ》ぎった。

共に喜び合う相手が傍《そば》にいないことへの孤独を——。

「そんなめでたい日に、なにシケた顔してんのよ」

いつしか一人の思考にはまりこんでいた納は、ミトモに肩を叩《たた》かれ我に返った。

「悪かったな」

「別に悪かないわよ。あんたが祝杯を上げる相手にアタシを選んでくれたのは、実に名誉なことだと思ってるわよ」

「何が名誉だよ。そう思うんなら、一杯くらいおごりやがれ。ニューボトル入れさせたくせによ」

ようやくいつもの調子を取り戻し、ミトモと舌戦を繰り広げていた納だが、彼の胸の中にはやはり、ぽっかりとした穴があいたままだった。

確かに雪下も今、孤独を感じているかもしれないが、彼が『一人』なのはただ、周囲に人がいないという状況的なものだ。

たとえ今、距離は離れていようとも、彼には喜びを分かち合いたい相手がいる。心情的には少しも孤独などではないのだ、と気づいたと同時に、納は自分の胸にあいた穴の存在を自覚した。

自覚したと同時に、今更そんなことで落ち込む自身が情けなくも可笑《おか》しくなり、それで彼は普段の自分を取り戻したのだったが、そうした納の心の機微は、さすが年の功といおうかミトモにはすべて、お見通しのようだった。

「ウチも商売ですもの。独り身だからって、そのたびに同情して奢《おご》ってあげてたんじゃあ、商売あがったりよう」

「言いやがったな、この野郎」

それだけ『独り身の男』は数多く存在するという裏の意味を察しながらも、納が悪態を突き返したとき、

「あ、でもさ」

不意にミトモが何か思いついた顔になり、カウンター越しに身を乗り出してきた。

「なんだよ」

「酒は奢れないけどさ、酒よりももっといいモン、奢ってあげましょうか」

「なんだよ、気味悪《わり》ぃな」

ミトモが猫撫《ねこな》で声《ごえ》を出すときには、たいていの場合、貧乏くじを引かされることになる。それを充分理解している納があからさまに警戒した顔になったのを、

「失礼ねえ」

ミトモはじろりと睨んだあと、「まあいいわ」と肩を竦め、再び納の顔を覗《のぞ》き込んだ。

「ねえ、来週、温泉行かない？」

「温泉だ？」

思いもかけない誘いに驚いた納の素《す》っ頓狂《とんきょう》な声が響く。

「それも一泊五万もする温泉宿。料理も豪華だし、部屋専用の露天風呂もあるのよ。ねえ、

どうかしら」

「どうかしらって、お前、そりゃ……」

納とミトモの付き合いは確かに長くはあったが、彼らの付き合いは仕事上に限られていた。この店以外で二人がプライベートで会ったことは一度もなく、勿論一緒に旅行に行ったこともない。

にもかかわらず、なぜに急に温泉などと言い出したのだ、と不審がっていた納の顔が、はっとなった。

「おい、もしかしてお前、俺に気があるんじゃねえだろうな？」

「…………」

言った傍から納は、ミトモのあまりに冷たい視線に晒《さら》され己の発想の誤りに気づくこととなった。

「仕方ねえだろ、急に温泉になんか誘いやがるからさ」

バツの悪そうな顔になった納に、ミトモのしらけた視線が突き刺さる。

「だから悪かったたって」

「別に悪かあないけど、アタシ、相当の面食いなのよね」

知ってると思うけど、とこれでもかというほど棘《とげ》のある言い方をし、それなりに納をむっとさせたあと、

「種明かしをするとさ」

ミトモがにっと笑って再び納に対し、猫撫で声で話し始めた。

「実は来週、お店の慰安旅行があるのよ」

「慰安旅行？」

「そ、毎年行ってるんだけどね」

ミトモの店には、彼以外に従業員が三人いる。バーテンが一人、ゲイボーイが二人だが、彼らは皆深夜一時を過ぎてからの勤務で、納は殆《ほとん》どといっていいほど顔を合わせたことがなかった。

従業員たちにミトモは、情報屋をしていることを悟らせていないという。海千山千の彼にとって、年若い彼らに裏の顔を隠すことなど造作ないらしいのだが、それゆえ店主としての義務はきちんと果たさなければならず、毎年この時期には日頃の慰安の意味を込め、ミトモのおごりで豪華温泉旅館へと連れていくとのことだった。

「で？」

それがどうした、と問い返した納に向かい、「それがさ」とミトモが顔を顰《しか》める。

「よっちゃんが急に店辞めるって言い出してさ、一人欠員が出ちゃったのよ」

「キャンセルすりゃあいいじゃねえか」

「もうキャンセルフィーが発生すんのよ」

「だからってお前……」

「それに一緒に行くバーテンの鈴木《すずき》とミコちゃんが恋人同士なのよ」

「それが一体」

どういう意味があるのかと問おうとした納に、

「だからあ」

なんでわからないかしらね、とミトモは半ば呆《あき》れながらも納に、どうしても温泉に同道してもらいたい理由を説明し始めた。

「三人で行くうちの、二人が恋人同士なのよ？　一人キャンセルしたおかげで、三人同じ部屋にでもされてみなさいよ、あたしゃタダのお邪魔虫よ？　ただでさえジェネレーションギャップ感じてるっていうのにさあ」

「仕方ねえじゃねえか。実際えらい年齢差があるんだしよう」

「仕方なくないわようっ！　なんだって自分で金出す旅行で、疎外されてこなきゃならないのようっ」

冗談じゃないわよ、とミトモの語気が荒くなる。

「それならお前も、カレシを連れてきゃいいじゃねえか」

納は至極真っ当なことを言ったつもりだったのだが、彼の言葉を聞いたミトモの顔は、今まで見たこともないほど恐ろしげなものになり、納を絶句させた。

「……え？」

「それができれば、苦労はないっちゅーのよっ」

ほぼ絶叫というような怒声を張り上げるミトモに、確かにそのとおりだと納は自分の考え無しの言動を猛省した。

「悪かったよ、ミトモ、そう怒るな」

「怒ってないわよっ！　あんたがどれだけ無神経かを忘れてた自分が許せないだけよっ」

「だから悪かったってばよ」

烈火のごとく怒るミトモに、ここは謝っておくしかないと納は頭を下げ続けたのだが、やがてこの『怒り』がミトモの作戦であったことが明らかになった。

「ほんとに悪いと思ってる？」

「ああ、思ってるって」

「それなら温泉、付き合うわよね？」

「ああ」

頷いたあと、しまった、と納が思ったのと同時に、頭から湯気を出して怒っていたはずのミトモがにやりと笑う。

「よかったわあ。せっかく予約したのに、一名無駄にするのもなんじゃない？　もう、五万なんて言わないわよ。半額に負けちゃう！」

「待て、お前、さっきまでオゴリって言ってたじゃねえか」

「だから半分奢るわよ。いいじゃないの。温泉よ、温泉。露天風呂もあるわよ」

「なんだって二万五千円も払って、お前と温泉行かなきゃならねんだっ」

「まー、失礼ねっ！　たった二万五千円でアタシの玉の肌が見られるのよっ！　安いモンじゃないのようっ」

「み、見たくねえっ」

「なんですってえっ」

ミトモの金切り声と、納の半泣きの声が狭い店内に響き渡る。

「何がなんでも、連れて行くわよっ」

覚えてらっしゃい、と息巻くミトモの剣幕に押され、納は一度たりとて望んだこともなかったというのに、ミトモの『玉の肌』を見るために、二万五千円という金を自腹で支払った上で——しかも交通費は別である——ゲイバー『three friends』の慰安旅行に付き合う約束を取り付けられてしまったのだった。

「まったく今日は、ロクな日じゃねえぜ」

そろそろ店が混み始めたのを機にスツールを立ち上がった納は、ミトモがにっこり笑って差し出してきた伝票の金額を——きっちりとニューボトルの代金が入っている金額を見て、天を仰いだ。

「あら、いいことあったじゃないの。雪下さんだって釈放されたんだしさ」

「……まあな」

ロクな日じゃないのはすべてミトモがらみか、と恨みがましく彼を睨みながら納は財布を取り出し金を払った。

「それじゃ、新宿サメ、旅行の詳細わかったら連絡するわね」

「…………」

釣り銭を渡してくれながら明るく声をかけてくるミトモに、納は返事をする気力もなく、わかった、と右手を上げる。

「ああ、行き先は箱根よ。近場がいいと思ってさ。旅館の名前はね、『華や』っていうの。最近できたらしいんだけど、料理もお風呂も、めちゃめちゃ評判いいらしいわよ」

出口に向かった納の背中に、ミトモの上機嫌な声が響く。

まったくもって、ついてねえぜ、と深く溜《た》め息《いき》をついた納が、『ついてない』どころか己の幸運に気づくのにもまた、それから一週間以上の時を要したのだった。

4

「それじゃ、お先に失礼します」

いよいよ待ちに待った温泉旅行の日がやってきた。結局俺は、出発日に午後三時フレックスで退社し、翌日一日休ませてもらうことにした。

杉本先輩は俺に気を遣い、二日休めばいいと言ってくれたのだが、仕事が立て込んできている中、すべてを彼に押しつけて休むのも申し訳ないと思ったし、良平も良平でまるまる二日休むのはどうも難しいということで、宿にチェックインできるのも三時以降であるのなら、夕食に間に合うように箱根入りして、翌日ゆっくり観光でもしようというスケジュールにしたのである。

頼むから突発事項が起こらないでくれ、と毎日天に向かって祈っていたのが功を奏したのか、二人とも無事に休みを取得でき、いよいよこうして当日を迎えることとなったのだった。

「気をつけてな。土産《みやげ》なんぞ、気ぃ遣うなよ」

杉本さんが笑顔で見送ってくれたその横で、

「お疲れさまでした！　いい旅を！」

富岡がやたらと明るい声を出し、俺に満面の笑みを向けてくる。

「あ、ああ。それじゃ」

ここ数日、なぜだか富岡の機嫌はやたらといいのである。今までの彼なら、俺が会社を休んで良平と旅行へ行くと知ろうものなら、ずるいずるいとわけのわからない抗議の声を上げた挙げ句に、しつこく嫌味を言ってきただろうに、今回はなぜか彼は俺に絡むどころか、必要以上のことを話しかけてもこなくなった。

毎日毎日、これでもかというほど付きまとっていた彼のあまりの引き際のよさを、俺は不気味に感じていたのだが、二日、三日と経《た》つにつれ、自らのうがった見方を反省するようになった。

理由もきっかけもわからないが、多分富岡は俺のことを、きっぱりと諦めることにしたのだろう。それゆえ彼は、良平と温泉へと向かう俺に『いい旅を！』とああも明るく声をかけてくれたに違いない。

いろいろな意味でよかった、と安堵《あんど》の息を吐く俺の胸には、一抹の寂しさが宿っていたが、多分それは単に俺が富岡の不在にまだ慣れていないからではないかと思われた。

箱根へは新宿からロマンスカーで向かうことになっていた。指定券をお互いに持っているので、待ち合わせは車内だったのだが、早く着きすぎてしまったとホームの表示を見上げていた俺より先に良平は到着していたらしく、ぽん、と後ろから肩を叩いてきて俺を驚かせた。

「なんだ、もう来てたんだ」

「ああ、なんや気がせいてもうてな」

照れたように笑う彼の目の下には、うっすらと隈《くま》が浮いている。明日休みをとるために良平は相当無理をしたようで、昨日の帰宅も深夜二時過ぎという遅い時間だった。

なんだか申し訳ないな、と心の中で密《ひそ》かに溜め息をついた俺の心を読んだのか、「まったく」と良平が苦笑し、ぽん、と俺の頭の上に手を乗せる。

「なに？」

「またそない心配そうな顔して。あかんよ。せっかく夫婦水入らずの旅行なんやから」

な、と良平がまた、ぽん、と俺の頭を軽く叩く。

「……うん」

良平は俺に、頼むから気を遣わないでくれと言う。彼の気持ちもわかるのだけれど、今のは『気を遣っている』わけじゃなく、良平の身体《からだ》を心配してるんだけどな、と思いながらも頷いた俺に、良平はあたかも、わかってる、というように、にっこりと目を細めて微笑むと、

「ほな、行こか」と俺の肩を抱きホームへと向かって歩き始めた。

「しかし『ロマンスカー』いうんは、ええネーミングやね」

ホームを確かめるために電光掲示板を見上げた良平が思いもかけないことを言い出したのに、意味を計りかねた俺は、「え？」と顔を見上げてしまった。

「『ロマンス』やて。僕とごろちゃんの『恋物語』の始まりにぴったりやね」

「…………」

今まで何度となくこの小田急線の特急列車には乗ったものだが、その名称を意識したことは一度もなかった。

日頃聞き流していたこの電車の名を聞く度、エンジの車体を見る度に、俺は多分、良平との旅を思い出すことになるのだろう。日常の風景が今まさに『ロマンス』のひとつになったと思う俺の胸に、なんともいえない温かな想いが拡《ひろ》がってゆく。

「……なんてな、ちょっとはしゃぎすぎやろか」

相槌を打てぬほどに感慨に耽《ふけ》っていた俺の前で、良平が一人頬《ほお》を染めぼりぼりと頭をかいてみせる。

自分の言葉に照れているらしい彼に俺は、ううん、と首を横に振ると、

「ほんま、ぴったりやね」

嘘くさい関西弁でそう言い、嬉しげに笑った良平の背に腕を回した。

間もなく俺たちが予約したロマンスカーがホームに入線し、俺と良平は浮き立つ気持ちを抑え、二人して列車に乗り込んだ。

「ほんま、一生の思い出に残る旅にしような」

平日の夕方ではあったけれど、車内の席は温泉地に向かう客で殆ど埋まっていた。列車が

ホームを離れるとき、良平が俺の耳元に唇を寄せ、小さく、だがこれでもかというほど熱っぽい口調で囁《ささや》きかけてくる。

「きっとなるよ」

良平同様俺も周囲に気を遣い、答える声は小さく、だが大きく首を縦に振り彼に同意したのだが、そのときにはまさかこの旅行が『そういう』意味で『一生の思い出に残る』ものになるとはまったく予想していなかった。

「夕食、なんやろね」

「食事も美味《おい》しくて有名らしいよ」

類《たぐ》い希《まれ》なる刑事の勘の持ち主である良平をもってしても予測できなかったとんでもない事態がこの先待っているとも知らず、俺たちは俺たちの『ロマンス』の場である箱根の地に思いを馳《は》せ、ロマンスカーの旅を満喫したのだった。

うわあ…
温泉に行こう！
陸裕千景子
立派なところだな〜
やな！僕もびっくりしたわ
来てよかったな♡
良《りょう》平《へい》…

ごろちゃん…
あ…
ぱっ
――っと
その前に露天風呂♡
内ブロもええけどまずは大浴場な…♡
キスマークついた体じゃ入れやんからね
バカッ

あれ
田宮《たみや》さん!
なっ
富岡《とみおか》!?
お前
何…
何って
温泉入りに
来たんですよ
あっはっは
いや～～
すごい偶然
ですねえ!

こんな偶然あるわけないでしょ――が
はっは!
ええ
ここまでくると運命ですね♡
運命〜〜〜〜!?
ちょっと2人ともこんなとこで…
ドン
あ
すみま…
納《おさめ》さん!?
ご…
田宮さん!?

サメちゃん？
あ
納さん
おお
どうりで
聞いた声だと
思ったら…
――って
何でここに？
ミトモの
慰安旅行に
巻き込まれてな
ミトモさん？
あ〜〜〜〜
い〜〜い
お湯だったわ〜
あら？

へ〜〜〜
そこの可愛い彼氏と来たの！
じゃあコレ
新婚旅行みたいなモン？
いやそれはもうすましてまして…
んも――ラブラブじゃな〜い♡
ドス
良平っ
ちょっとそこのアンタ！
追っかけてきたーらしいけど
こんな2人に割り込もうとするなんて不毛じゃなーい？
しれっ
不毛かどうかは僕が決める事なんで
んま〜生意気ねぇ
そこが可愛いけどっ

それよか早く入ってきなさいよ
今なら誰もいなくて貸し切り状態よ～
ホンマですか！
ま
そこのオジャマ虫2人も一緒なのがお気の毒だけど
虫…
そんな！
富岡くんはともかくサメちゃんは気にせんといてな！
な
おお
差別ですよ　ヒレッ
何でやねん
やれやれ…
は～～～

ギャァ
ギャー
パサ
ばち――ん
だっ

何すんですか!!!
君は見たらアカン!!!
今すごい音したぞ?
ちょっと……
ごろちゃんもっと隠しながら脱いでっ
無茶言うなよっ
がばっ
も~~~っ
男風呂で何でそんな気を遣わなきゃいけないんだ
わ―
ポツ…
……?
サメちゃん?

うわーー
鼻血！鼻血!!
ボタ
ボタボタ
上向いて
大丈夫か？サメちゃん
おお
スマン…
横になった方がいいんじゃ…
せやな
あ〜あ
風呂入る前にのぼせるなんて
富岡っ
せっかちな
田宮さんはあっち向いてて
わー!!
だらだら
え？
？

出たトコに休憩する場所あったな
ああ
ほなそこまで…
ヴィ
あ
どこまでお人よしなんですか
さっさと2人で入って下さい
くっ
しかし重っ
うう
まったく…
ヨロ。。

あらっ
富岡さん!?
美緒《みお》さん!?
エッ
富岡さんってこの方が？
こらまた奇遇な…
ホントですね〜
そちら上のお姉さんですよね？
あ
こちら高梨《たかなし》警視のお姉さんで…

ヒソ ヒソ
エライ強敵やないの!
そうなんよ~
あ
あのっ
納と言います 高梨くんにはいつもお世話に…
ま 納さん!?
イエイエこちらこそ…
――って納さんどないしはったん?
湯あたり?
イエ入る前で…
え?
ま――ま――
そんな事よりっ
ど~も~♡ミトモですぅ

え？
あ 初めまして……？
アタシも高梨さんにはお世話したりされたりで…
あ 新宿の方でお店やってるんですけどォ
…
良平にはユニークなお友達が多いわ
ミトモさん これからお風呂？
い〜〜〜え いいお湯だったわよ〜
あら？
バッチリフルメイクしてますやん！
うふふ 崩れない秘訣があるのよ
えーー 教えてほしいい！
ちょっとさっちゃん
私らには偵察とゆー目的が…
サウナに入っても崩れないわよ〜

教えて下さい!!
ちょっと美…
特別よ〜〜〜♡
きゃっきゃ
あの——
僕らはお先に…
何かもりあがってるよーなんで…
は〜〜〜っ
どーです?
ああ
だいぶマシ…

スマンな
まったくですよ！
もったいない事したなぁ〜 田宮さんのヌード…
じゃ今から戻れよ
今からってんなヤボな事…
ヤボって‼
おいおい こんなとこまでおしかけて来た奴のセリフかよ
………
何だかんだ言って気ィきかせたんだろ
ホント
よくわかんねぇ奴…
………

我ながら
損な性格なんです
マゾかもな
俺の先輩にもいるけど
ピチャン…
…ホンマ
貸し切りみたいやね
うん
…さっきの富岡くんな

気遣ったのかな
やっぱり?
ホントに邪魔しに来たのか何なのかわかんないヤツだよ
いや〜
何か僕までフクザツやわ
大体 あいつは放っといてもモテるんだから
いい加減目を覚ましてほしいよ
ごろちゃん
それに…
ブツブツ
ストップ!
…ごろちゃん
僕らだけで来たんやで?

今は
余計な事
考えやんとこ
ごめん
謝んのも
ナシな♡
ごめ…
あ
ぷっ
あ〜〜〜〜
今 メチャメチャ
キスしたいん
ガマンしてるん
やで 僕！
え？
何で…
キスだけで
止める自信
ないもん
………

ウチの風呂でなら 今頃思う存分…
それはそれで狭くて大変だって
…でも
俺は良平と一緒ならどこでも幸せだよ
それこそ家でも…
…ごろちゃん
そないな殺し文句を…
はっ

あーもーアカン!!
ばしゃっ
わっ
んっ
……っ
…僕もやごろちゃん
2人一緒ならどこででも…

はあ…
…なーんや
はよ帰りたなってきたわ
あはは
チュン
チュン
チチ…

キキキ…
も〜〜〜〜っ
結局あのまま寝ちゃうなんて！
富岡くんがここまで運んでくれたんだからねっ
ったく温泉に来て温泉入らずに帰るアホなんて初めてよっ
まぁまぁ
刑事さんって激務なんですよ
それだけお疲れなんですよ
…
いーえ大体コイツはねっ
上司に飲まれたボトル代…
¥10000-
オカマとの慰安旅行…
¥25000

…失った夢
プライスレス
ガク。
ちょっと！
二度寝しないでよっ
おりてくわよっ

あとがき

はじめまして&こんにちは。愁堂れなです。

『罪シリーズ』をお読みくださっていた皆様、初めてお手にとってくださいました皆様、今回の『スペシャルエディション』いかがでしたでしょうか。

この『罪シリーズ』は私のデビュー作でもあり、大変思い出深い作品です。ご発行いただいていた出版社様の倒産でこの先どうなることか……と思っていたのですが、皆様の応援のおかげでこんなにも早く新作を発行いただくことができました。本当にどうもありがとうございます。

今回『特別版』ということで、いつもの二時間サスペンス風の中編『罪な告白』と、お祭り企画『温泉に行こう!』の二本立てとなっています。

『罪な告白』には懐かしい「あの人」を登場させました。いかがでしたでしょうか。

そして『温泉に行こう!』はなんと、陸裕千景子先生の漫画とのコラボ企画です!

ストーリィは私が前半までを考え、あとの展開は陸裕先生にお任せ、という形をとらせていただきました。

陸裕先生の漫画、めちゃめちゃ素敵&面白かったですよね〜!! トミーに改めて惚れ直し、サメちゃんに大笑いさせていただきました。

お忙しい中、楽しい漫画を、そして本当に素敵なイラストを、本当にどうもありがとうございました!! この場をお借りいたしまして、心より御礼申し上げます。これからもどうぞよろしくお願い申し上げます!

そしてこの企画を立ててくださいました旧担当のK様にも、この場をお借り致しまして心より御礼申し上げます。お仕事でご一緒させていただいた三年間は本当に充実した楽しい時でした。時間を忘れて語り合った日々が今、走馬燈のように蘇ってきます。本当にお世話になりありがとうございました。今後またお仕事でご一緒できる日が来ることを願ってやみません。色々大変でしょうがどうか頑張ってくださいね。

そしてこの『罪シリーズ』を是非うちで、と仰ってくださいましたルチル文庫様のご担当、O様にも心より御礼申し上げます。

O様のお言葉、本当に頼もしく、そして本当に嬉しかったです。本当にどうもありがとうございました。これからも頑張りますので、どうぞよろしくお願い申し上げます。

今後『罪シリーズ』は新作とあわせ、復刻版もルチル文庫様でご発行いただける予定になっています。これからも陸裕先生と力を合わせて、頑張ってシリーズを続けていきたいと思っていますので、何卒よろしくお願い申し上げます。

こうして大切なシリーズを続けていくことができるのも、ルチル文庫様、O様、陸裕先生、そして応援くださる読者の皆様のおかげです。本当にどうもありがとうございます。

本当に私は幸せ者です（泣）。皆様の温かいお気持ちにはいつも助けていただいています。今後も皆様に少しでも楽しんでいただける作品が書けるよう、頑張りたいと思っていますので、不束者ではありますが、どうぞよろしくお願い申し上げます。

次のルチル文庫はなんと！『unison』をご発行いただける予定です。この作品も私にとって本当に大切な、本当に思い出深いものなので、こうして商業誌として皆様にお届けできることを大変嬉しく思っています。皆様にも少しでも楽しんでいただけますように、心よりお祈りしています。

また皆様にお目にかかれますことを、切に祈っています。

平成十九年七月吉日

愁堂れな

＊公式サイト『シャインズ』http://www.r-shuhdoh.com/
＊ブログ『Rena's Diary』http://shuhdoh.blog69.fc2.com/
＊携帯用メルマガを始めました。ご興味ある方は r38664@egg.st に空メールをお送りください。折り返し購読お申し込みメールが届きますのでご登録くださいませ。

『温泉に行こう』には良平の家族が登場するのですが、彼女たちの初出『愛惜』をこのあとにご収録いただきました。サイトに掲載後、同人誌としても発行したのですが、改めて皆様にお楽しみ頂けると幸甚に存じます。

また、ご参考までに今までご発行いただいていた商業誌を次記させていただきます。

「罪なくちづけ」　二〇〇二年十月発行
「罪な約束」　二〇〇三年四月発行
「罪な悪戯」　二〇〇四年五月発行
「罪な宿命」　二〇〇五年九月発行
「罪な復讐」　二〇〇七年一月発行　いずれもアイノベルズ（(有)雄飛）

愛惜

新大阪から地下鉄に乗り換え、電車を乗り継いで堺の駅に降り立った。

良平《りょうへい》の実家は堺で紙の卸をやっているらしい。言葉遣いから京都の方かな、と思っていたのでそう言うと、

「おふくろが京都なんよ」

と笑った彼の目の下には隈《くま》が浮いていて、昨日までの激務を窺《うかが》わせた。

「そうなんだ」

頷《うなず》きながら、俺たちはまた互いに口を閉ざし、肩を並べて歩き始めた。

『一緒に来て欲しいんよ』

先週、あの事件のあと良平に彼の実家への同行を乞《こ》われた。父親が癌《がん》で入院し余命があと三ケ月しかないので一緒に見舞って欲しいという良平の申し出を聞いたとき、俺は彼に気の利《き》いた慰めの言葉のひとつもかけてやることが出来なかった。

数日前、泥酔して帰ってきたときにきっとその連絡を受けたのだろう。あんな良平ははじめて見た。彼の多忙さを思って知らせなかった良平の母親の気持ちも、なんで知らせてくれ

へんかった、と怒鳴るしかなかった良平の気持ちも、痛いほどに俺にはわかるような気がした。

だから――俺は何をおいても、彼と一緒に大阪に来ようと思ったのだ。こんなときだからこそ、良平の傍《そば》にいてやりたかった。何も出来ないとわかっていたけれども、せめて彼の手を握っていてあげたかった。彼が泣きたいときには胸を貸してやりたかったし、いっしょに泣いてもやりたかった。やり場のない憤りを受け止め、抱き締めてあげたかった。

次の休みに行こう――その言葉どおり、良平はなんとか激務を調整し、次の土日に帰阪日を決めた。俺もその日に向け、絶対に休日出勤にはならないよう日々の業務に邁往《まいおう》し、あっという間にやってきた週末を迎えたのだった。

昨夜、良平が帰って来たのは午前三時を回っていた。今日の休みを確保するためにやはり相当無理をしたらしい。あと三ケ月の命だという父親の見舞いに帰りたいという彼に、捜査一課の皆は協力的だったのだが、その好意を上回る膨大な業務量に忙殺されたらしかった。

寝不足ということもあるだろうが、新幹線の中でも良平は大人しかった。寝ているのかな、とちらと隣を窺うと、目は閉じているが寝ている気配はなかった。気持ちは痛いほどにわかる。これから見舞う父親のことを考えているんだろう。家族は彼の父に告知はしていないのだそうだ。

「気づかれるなて、おふくろに釘さされたわ」

昨夜布団の中でそう苦笑した良平の顔が痛々しかった。日々の忙しさに追われ一年以上実家へは顔を出していないらしいのだが、その僕がいきなり見舞いに来たら、流石《さすが》に親父もヘンに思うわなあ、と笑う良平の背中を俺は力いっぱい抱き締めた。

彼が淡々と語れば語るほど、彼の苦しみが、悲しさが痛いくらいに伝わってきて、俺をやりきれない思いにさせた。俺の肩に顔を埋《うず》めた彼の胸中はその何十倍もやりきれなさに溢《あふ》れているに違いない。それがわかるだけに、やはり俺は彼に何も言うことが出来なくて、ただただ彼の背をぎゅっと抱き締め続けたのだった。

良平も俺の背を力いっぱい抱きしめてきた。実際彼の頬《ほお》は涙になど濡《ぬ》れてはいなかったのだけど、俺の耳には彼の慟哭《どうこく》の声が一晩中響いているような気がしていた。

「先《ま》ずはウチに寄ろうな」

ぽつりと良平がそう言った声に俺は我に返った。

「ああ」

そういえば行き先も聞かずにこうしてついてきたのだった、と俺は今更のように気が付いた。と同時に、これから対面する良平の『家族』に対する予備知識をひとつも持っていないことにも気づき、俄《にわ》かに慌てはじめた。

「しかし……なんでごろちゃん、スーツなんか着とるの？」

俺が急に焦り出したからか、良平がくすす、と笑いながらそう尋ねてきた。

「だって……初対面だし」

「なんぼ初対面ちゅうてもねえ」

良平はにや、と笑うと、なんだよ、と彼を見上げた俺に、

「なんやアレみたいやね。『娘さんを僕にくださいッ』」

とふざけてその場で手を前につくジェスチャーをしてみせた。

「……馬鹿じゃないか」

呆《あき》れてそう言い捨てながらも、はっきりいって気分はすっかり『ソレ』かもしれない、と我ながら思わないでもない。

「……緊張するなあ」

ぼそ、と呟《つぶや》いた俺の頭には、未《いま》だ見ぬ良平のご両親の前で『息子さんを僕にください』と土下座している自分の姿が浮かんでいた。

「緊張するような親ちゃうよ」

あはは、と笑いながら良平が俺の背を叩《たた》く。

「ああ、でもちょっとびっくりするかもしれんね」

「そりゃびっくりするだろう」

先ほど、新大阪の駅についたときに良平が実家にかけた電話を横で聞いていた俺は、思わず携帯を取り上げそうになってしまった。なんと彼は、受話器の向こうの母親——だと思う

――に向かって、

「嫁さん、つれてきたから、楽しみにしててや」

などと言い出したからである。

「あのねえ」

呆れて彼を見上げた俺に、

「せやかてほんまのことやないの」

良平は涼しい顔をして笑っていたが、その『嫁さん』がスーツで『息子さんを僕にください』と言い出そうとしているこの状況を、彼のご家族がとても冷静に受け止められるとは思えなかった。

「ちゃうちゃう、びっくりするんはごろちゃんの方やて」

「え？」

男の『嫁さん』以上に驚くことなんかあるんだろうか、と目を丸くした俺に、良平は、実はな、と彼の家族構成について語り始めた。

「おふくろのことやから、多分姉貴たちを呼んでそうな気がするんよ」

「お姉さん？」

そういえば良平の兄弟についての話はしたことがなかった。お姉さんが、しかも複数いるってことか、と思いながらそう問い返すと、

「ほんま……今から謝っとくわ。ごめんな」

そんなわけのわからない謝罪までされてしまった。

「???」

首を傾《かし》げる俺に、まあ、そのうちわかるわ、と良平は苦笑し、行こか、と俺の背中を促して歩き始めた。

「……良平の兄弟って?」

お姉さんだけか、と尋ねると、

「いや、兄貴もおるよ。一番上が兄貴で、その下に姉貴が二人……」

と答えてくれる。

「四人兄弟?」

「そ。僕だけ随分年が離れとるから、あんまり兄貴姉貴っちゅう感じはしないんやけどね」

保護者みたいなもんやね、と笑う彼に、「いくつ?」離れてるのかと聞いてみる。

「兄貴とは十五歳、上の姉貴とは十三、下とは十歳」

「へえ」

そういう家族構成だったのか、と感心する俺に、良平は困ったような顔をし頭をかいた。

「兄貴はともかく、姉貴たちがなんちゅうか……」

「なんちゅうか?」

「……ま、会うたらわかるわ。ほんま、びっくりせんといてな」

尋ねた俺に、良平は更に困ったような顔になって笑うと、ほないこか、とまた俺の背を促し歩調を速めたのだった。


店と家屋は十年前に別にした、ということで、駅から十五分ほど歩いた住宅地の一角、大きな家の門を俺たちは潜《くぐ》った。家内工業なみの小さな業者や、と言っていたが、この大きな門構えから察するに、良平の実家はかなり裕福に見えた。

「ただいまあ」

インターホンも押さずに良平は玄関のドアを開け、「ああ、やっぱり来とるわ」と顔を顰《しか》めてみせた。

と、奥からばたばたと人の足音がしたかと思うと、

「なんや、遅かったやないの」

「ほんま、待ちくたびれたわ」

妙齢の女性が二人、駆け出してくる後ろから、

「遠い処《ところ》、お疲れさん」

年輩の女性が現れ、俺は思わずごくりと生唾《なまつば》を呑《の》みこみ彼女達の姿を見やってしまった。

なんというか——派手、だった。

よく言えば華やか、艶《あで》やか、という感じなのだろうが、そう言ってしまうにはあまりに駆け寄ってきた良平のお姉さんたちは、なんというか——かしましすぎた。

「聞いたで？　嫁さん連れてきたんやて？」

「なんやのぉ、ほんま、今までなーんも知らせんかったくせに、いきなり驚かすのはなしやわ」

「せやせや、ほんまこの子は、今年は年賀状かて寄越さんかったやないの」

「せや。正月かて帰って来んかったしなあ」

「ほんま、えらい親不孝や思わへん？」

いきなり、見たところ年長の女性が俺の方へと話をふってきたものだから、

「はい？」

と俺は思わず絶句してしまった。

三十代後半にしか見えないこの女性は、目鼻立ちのくっきりした綺麗《きれい》な顔立ちをしていた。服装の感じも品がよく、いかにも「いいところの奥様」然としているのに、口を開くと言っちゃなんだが「下町のおばちゃん」に近くなる。

もう一人も似たような感じなのだが、彼女の方がどちらかというと良平に似ている感じが

した。美人であることにかわりはなく、色の白い綺麗な肌と、漆黒の髪から、黙っていれば京人形のような品位を感じさせるのに、彼女もまた口を開くとがくんと「下町のおばちゃん」に成り下がった。そんな中、彼女たちの後ろから、

「ええ加減にしなさい」

と顔を出した良平のお母さんは、見たところ七十歳くらいだろうか、和服の着付けもきりりと決まっており、綺麗に撫《な》で上げた白髪も品が良く、俺はなんとなくほっとしてしまったのだった。

「あんたら、いつまで良平を玄関先に立たせとくつもりやの」

たしなめるようにお姉さんたちをそう睨《にら》んだあと、

「あんたもいつまでぼんやりしとるの。はよ、あがりなさい」

と良平の方を向き――やがて俺に視線を移した。

「はじめまして」

慌てて俺は彼女たちに向かって頭を下げる。一瞬、なんともいえない空気がその場に流れたのは、良平が『嫁さん』を連れて帰る、と言っていたにもかかわらず、同行したのが男の俺だったからだろう。

「おいでやす」

しかし良平のおふくろさんは、俺に対しては不審そうな顔は一切見せず、にっこりと微笑《ほほえ》

むと、おあがりください、と俺の前にスリッパをそろえてくれた。

「ただいま」

にこ、と笑いながら良平が靴を脱ぐ横で俺も慌てて靴を脱ぎ、促されるままに彼の後について応接間へと向かった。俺たちの後に続いた良平のお姉さんたちが、

「なんや、『嫁さん連れてくる』ゆうんは嘘やったんか」

「ほんまにもう、なんでそないな見栄はろう思うかな。いつまでたってもコドモなんやから」

「なんのためにわざわざ駆けつけた、思うとるの」

「せや。私らかてヒマやないんやで」

と、小声――とはとても思えない声でこそこそ言い合っている。

「勝手に来たんちゃうんかい」

ぼそ、と良平が俺の後ろで呟いたのに、

「生意気ゆうたらあかんよ」

と、どちらかがど突く気配がした。痛、と良平が大きな声をあげるのを、

「ええ加減にしなさいよ？　お客さんの前やで」

と良平のおふくろさんがちらと彼らを振り返りながらそう睨む。

「はーい」

「わかってますぅ」

良平の姉たちは涼しい顔でそう答えたあと、けたけたと笑い始めた。

「な、びっくりしたやろ」

ぼそ、と良平が俺に囁《ささや》いてくるのに頷きかけた俺だったが、

「なんや、また人の悪口言うて」

と彼の頭に飛んできた鉄拳《てっけん》に、思わず俺まで首を竦《すく》ませてしまったのだった。


「まあ、にぎやかで驚かれましたでしょ」

茶と和菓子を出してくれながら良平のおふくろさんがにっこりと微笑む、その間も良平の姉さんたちはひっきりなしに喋《しゃべ》っていた。

「はじめまして。田宮《たみや》と申します。高梨《たかなし》さんにはいつもお世話になっています」

一体なんといって挨拶《あいさつ》すればいいのか、一気に緊張が高まるはずが、外野がうるさくて集中できない。とりあえず当たり障りのないことを言って頭を下げた俺に、

「よろしゅう」

「なんや、刑事さんにしたら可愛《かわい》いなあ」

と『外野』の興味が一気に集中するのがわかった。

「ああ、同僚ちゃうよ」

良平が言う声を掻《か》き消すかのように、

「いくつなん？　良平と同い年？」

「まさかあ、こん子も今年大台やろ。とてもそんなには見えへんわ」

「後輩なんやないの？　ね？」

「新人さんやったりして。良平にいじめられとるんちゃうの？」

と全く彼の話を聞いていない姉たちが一気に俺に質問を浴びせる。

「だから、同僚ちゃうて」

たじたじとしている俺の代わりに良平が大きな声を出した。

「なに？　じゃ、お友達？」

「もう、ちゃんと紹介しいや」

ちゃんと紹介させてくれないのは誰のせいか——などと思わずツッコミを入れそうになった俺だったが、良平が更に大きな声で、

「せやからこれが僕の嫁さんやて」

と叫んだ声には、思わず彼女たちと一緒に、

「えーっ??」

と叫んでしまったのだった。

「よめさん～？」

「何ゆうとるの、この子は」

一段とやかましくなった早口で、それこそマシンガントークを繰り広げる良平の姉をもう止めることが出来る人間はこの世に存在しなさそうだった。

「もう、笑わそう思たら、もうちょっと捻《ひね》りきかさなあかんよ」

「せやせや。ほんま、もう何言い出すか思うたら、この子にも失礼やないの」

「『この子』やないでしょ、えーと、なんやったっけ。そうそう、田宮さんや」

「ほんまになあ、何が嬉しくて良平の嫁呼ばわりされなあかんの。あんた、しっかり謝っとき」

「ほんまやて！」

ダン、とテーブルを叩きながら、良平が大声を出した瞬間、室内はしん、と一瞬静まり返ったが、やがてまた、

「いつまでふざけたこと言うとるの」

「ええ加減にしなさいよ。ほら、お母さんからも言うたって」

「なあ、ほんま、田宮さん、かんにんな」

「いくら引っ込みつかなくなったからって、ええ迷惑よねえ」

「ああ、ほんまもう、情けないわ」

と更なるやかましさが室内に溢れた。良平が困ったような顔をしながら俺の方を見、かんにんな、というように手を合わせてくる。『びっくりするかもしれん』というのはこのことだったのか、と今更のようにわかった俺は、良平の困り顔をなんとかしてやりたいと、

「あのっ」

と彼女たちに向かって思わず大きな声を出してしまった。

再び一瞬の沈黙が室内に訪れる。

「あの……」

一斉に彼女たちの――良平の二人の姉とおふくろさんまでもの視線を浴びてしまった俺は、何を言おうかと一瞬絶句してしまった。

『息子さんを僕にくださいっ』

――じゃないことだけは確かなような気がする。そんなことを言ったらこの騒ぎがどうパワーアップしていくかわからない。どうしよう、と言葉につまった俺の代わりに、口を開いたのは良平だった。

「ほんまにこれが僕の嫁さん――大事な人なんや」

これ以上にないくらいに真剣な声でそう言いながら俺の肩を抱いた良平を、そして肩を抱かれた俺を、女三人は驚きに目を見開き無言で見つめていたが、それはほんの一瞬のことだ

った。

「えええええーっ⁇」

「なんやて？？？　マジ？　真面目に言うとるの？」

「良平？」

　これ以上はないくらいに騒然となった室内で、俺はもう何を言うことも出来ずに良平を見上げたが、良平は真摯《しんし》な眼差《まなざ》しを崩さず俺の肩を抱き続けていた。


「それにしてもほんま、びっくりしたわ」

　散々騒いだあと、すっかり冷めてしまった茶を啜《すす》りながら、長姉であるさつきさんがそう溜め息をついた。騒ぎすぎたのかすっかり声が嗄《か》れてしまっている。

「ほんまやねえ……やあ、なんや夢みとるみたいやわ」

　次女の美緒《みお》さんもはあ、と大きな溜め息をついたが、俺が俯《うつむ》いたのに気づくと、慌ててフォローするように俺に笑いかけてきた。

「ああ、かんにん。ほんま、驚いただけやから」

「ほんまほんま、驚いただけやし、気にせんといてな」

何を気にするのかしないのかわからないが、どうやらそう言うさつきさんも美緒さんも、俺たちの関係を頭ごなしに否定するつもりはないらしい。が、実の母親となると話は別かもしれない、と俺は恐る恐る良平のおふくろさんの顔を見上げた。

「……ほんま、びっくりしたわ」

おふくろさんの顔は引《ひ》き攣《つ》っている。そりゃそうだ。実の息子が男を嫁さんといって連れてきたのだ。引き攣らない方がどうかしていると思う。

「まあええやないの」

「そうよ、お母さん、今はそんな時代なんよ」

姉さん二人がフォローに回っている中、良平は神妙な顔をしておふくろさんの前で頭を下げていた。

「そんな時代……なんかなあ」

しみじみとそう呟くおふくろさんの声に、いや、時代じゃないと思うけど、なんてツッコミを入れる余裕があるわけもなく、俺も真面目な顔をして良平の横で俯いていた。

「そうそう、固いこと言わんとき。幸い高梨家にはもう孫が七人もおるやないの」

「せや。康嗣《やすし》兄さんのとこなんか、男の子三人もおるんやで？　子孫繁栄は兄さんとウチらに任せておけばええんよ」

さすが良平の姉たち、といおうか、驚き方も凄《すご》かったが立ち直りの早さは更に驚異的だった。彼女たちのフォローのおかげか、良平のおふくろさんの顔にも次第に笑顔が戻ってくる。

「せやね。この家は店ともども康嗣が継いでくれるんやし、一人くらい孫の顔が見れん子がおってもええかもしれんねえ」

溜め息混じりに良平のおふくろさんがそう言った時、俺の胸は少し痛んだ。年の離れた末っ子である良平を、おふくろさんはさぞ可愛がっていたに違いない。その大切な息子が連れてきた『嫁さん』が男だったとしたら――そう思うだに俺はなんだか申し訳ないような気持ちになってしまい、誰に謝るでもないが、ついついすみません、というように更にうなだれてしまった。

「せや、康嗣兄さんが、良平が帰ってきたら顔出せ、言うとったわ」

一段と高い声でさつきさんがそういったのは、話題をかえようとしてくれたのかもしれなかった。

「あ、ほんま？」

顔をあげた良平に、

「今日は土曜やけど、勤め先におる言うとったから」

とさつきさんは答えると、早《は》よいってらっしゃい、と良平を促し、立ち上がらせた。

「病院へはそのあと行ったらええわ。今日は面会が三時からなんよ」

横から美緒さんも声をかけてくる。

「わかった。じゃ、ごろちゃん」

良平は彼女たちに頷いたあと、俺に向かって片手を差し伸べたのだったが、

「ついたばかりでお疲れなんちゃう？　あんた一人で行ってらっしゃい」

とさつきさんが慌ててそう口を挟んできた。

「………」

良平は無言で長姉のことをちらと見やったが、やがて「わかった」と頷くと、俺に向かって本当に申し訳なさそうに微笑みかけてきた。

「申し訳ないけど、すぐ戻ってくるさかい、待っとってな」

「……うん」

多分さつきさんは、良平の兄さんと俺を対面させたくないのだろう。良平より十五年上と言っていたから康嗣さんという良平の兄は四十五歳――とても手放しで良平の嫁が男であることを喜んでくれるようには思えない。

「勤め先ゆうても、徒歩十分やさかい、すぐ戻ってくるわ」

良平はそういって立ち上がると、せや、というようにさつきさんと美緒さんをじろりと睨んだ。

「なんやの」

負けじと睨み返す彼女たちに、良平は、

「……あんまし妙なこと、吹き込まんといてや」

とドスの利いた声で告げると、

「あほちゃうか？」

「ほんま、生意気になったもんやねえ」

怒声を浴びせる彼女たちの声を背に、ほな、行ってきます、と部屋を出て行ってしまった。

「まあ、良平ももう三十やからねえ。偉そうにもなるわけやわ」

しみじみとさつきさんが言う傍で、

「ほんま、こんなころは私らに泣かされてばっかりやったのに、いまや警視さまやもんなあ」

と美緒さんも感慨深そうに相槌《あいづち》を打っている。

「……ところで田宮さん、『ごろちゃん』いわはるの？」

つられて感慨深く頷いていたところにいきなり話を振られ、慌てて俺は、

「はいっ」

と答えてしまったあと、『ごろちゃん』を肯定するのもなにか、と思い、

「田宮吾郎《ごろう》です」

と今更のようにフルネームを名乗った。

「おいくつ？」

「二十九です」

「にじゅうきゅう〜？」

声を合わせて大きく叫んださつきさんと美緒さんの横で、

「まあ、てっきりハタチそこそこか思いましたわ」

と良平のおふくろさんが驚いたように俺を見た。いくらなんでもハタチそこそこはないだろう、と絶句する俺を無視してさつきさんも美緒さんも、ほんまになあ、などと頷き合っている。

「ほんま私も、良平もイタイケな子供をたぶらかして、思うとったわ」

「子供がスーツは着んでしょう」

あはは、と笑う美緒さんを無視し、さつきさんは俺の方に身を乗り出すようにして、

「で⁇　どないして良平とは出会ったん？」

とワイドショーのレポーターさながら、マイクを突き出すような素振りでたずねてきた。

「え？」

絶句する俺に、

「そうそう、お二人の出会いは？」

と美緒さんまでもが調子に乗って俺へと身を乗り出してくる。

「出会いって……俺がまきこまれた事件を担当したのがりょうへ……高梨さんで……」

彼女たちの迫力に押され、しどろもどろになりつつある俺に、良平の姉たちは、

「やっぱりたぶらかしたんちゃうの」

「ほんま、警察官の立場をええことに、無茶されたんちゃう？」

そう心配そうに眉を寄せ俺の顔を覗《のぞ》き込んできたが、その『心配』はあまりにとってつけたようで、面白がってるとしか思えない。

「そんなことないんですが……」

一体なんて答えりゃいいんだ、と俺は良平がいなくなってからまだ数分しか経《た》っていないにもかかわらず、冷や汗をかきはじめていた。

「そやし、どう見ても田宮さん、ソッチの人には見えへんし」

「まあ良平かてまさかソッチになるとは思わへんかったけどなあ」

あはは、とまた美緒さんはそう笑ったが、俺がリアクションに困って俯いたのを察して、
ああ、かんにん、と謝ると、

「今から見ると嘘みたいやけど、ほんま良平は子供の頃、思うたことの半分も言えんような大人しい子やったんやで」

と、話題をかえて俺に話を振ってきた。

「え？」

良平と『大人しい』という言葉のギャップに俺は彼女の作戦にまんまとはまり、顔を上げ

てしまった。

「あんまりおとなしいんでお父さんが気ぃ遣って道場に通わせはじめたんやったなあ」

「おかげでガタイはようなったけど、相変わらず口下手《べた》でほんま家でもあんまし喋らへんかったんよ」

ほんま、嘘みたいやろ、とさつきさんは笑ったが、横からおふくろさんが、

「あんたらがかしましすぎて喋られへんかったんちゃうの」

とツッコミを入れたのに、思わず大きく頷きそうになってしまった。

「ひどいわ、おかあさん」

口を尖《とが》らすさつきさんに、おふくろさんは、

「まあなあ、兄弟の中であの子だけ年が離れとったさかいな、大人の中にコドモが一人みたいなところにもってきて、こん子らがもう、これでしょ、ほんま子供ん頃の良平は大人しい子やったんですよ」

と俺の方を向き直り、にっこりと笑ってくれた。

「そうなんですか……」

俺が『嫁さん』とわかって以来、はじめておふくろさんが真《ま》っ直《す》ぐに俺を見てくれた、ということに気づいた俺は、なんだか緊張してしまって、相槌を打ちながらも、もっと気の利いたことが言えないだろうか、と一人で頭を巡らせていたのだったが、そんな俺の様子に気

づいているのかいないのか、おふくろさんは、しみじみ、といった感じで言葉を続けた。

「そないな大人しい子が、一度だけクラスの子たちと大喧嘩《おおげんか》したことがありましてな、もう道場に通っとった頃やったから、良平の方では手加減したつもりでも結構な怪我を負わせてもうたんよ。向こうの親御さんは皆して怒鳴りこんで来はるし、お父さんはお父さんで、武道をそんなんに使うとは何ごとやと火ぃついたように怒るしで――せやけど良平はいくら聞いても私らに喧嘩の原因を言わへんかった。なだめたりすかしたり、最後にはお父さんも切れて、散々殴りよったんやけど絶対に言わへん。そしたらこん子が……」

とおふくろさんは目で美緒さんを示したあと、何を思い出したのか、くす、と笑った。美緒さんも笑い返しながら「そないなこともあったねえ」と懐かしそうにおふくろさんを見返している。

「こん子はもう高校生やったんやけど、喧嘩相手を道端でとっ捕まえて、原因はなんやの、と脅かしたんよ」

良平のおふくろさんが笑う横で、

「あん頃は私も血の気《け》が多かったんよねえ」

と京人形の言葉とは思えないことを美緒さんはしみじみ言いながら頷いた。

「喧嘩の原因は、私のことを……良平のおかんは年寄りや言われたことやったんやて。親が陰で『恥じかきッ子や』言うたんをその子は聞いてたんやろね、そげん年とってから子供作るなんて、おかしい、言うて良平をからかったらしいんよ。良平は、おかんの悪口言うな、とからかうそん子らに一人で殴りかかっていったんやて。美緒にそれ聞いて、ああ、あん子は私が傷つく思うて、絶対に原因を言わへんかったんやなあてわかった途端、なんやもう、胸がいっぱいになってしもうて……」

良平のおふくろさんは、そのときのことを思い出したのか、そっと目頭を押さえながら、

「まあ、年とると涙脆《もろ》くなってあかんね」

と照れたように笑って俺を見て——俺がやはり目を潤ませてしまっていたのに気づいたのか、ふっと優しく目を細め、また目頭を押さえた。

「……昔から、そない優しい子やったんですわ。そういうところは今でも少しも変わってへん、思います。そやし、田宮さん」

と、良平のおふくろさんは、真っ直ぐに俺を見つめた。

「……宜《よろ》しく頼みますな」

「………」

にっこり微笑みながら俺に向かって頭を下げたおふくろさんの前で、俺はそれこそ胸がいっぱいになってしまって、言葉が出てこなかった。子供の頃の良平の話で、既に我慢も限界だった俺の目から、ぽたぽたと堪《こら》えきれずに涙が零《こぼ》れ落ちる。手の甲で目を擦《こす》りながら、はい、となんとか頷いた俺に、

「まあ、大きななりしてなんですのん」

あはは、と笑ったおふくろさんの目からも涙が零れていた。

「……こちらこそ……宜しくお願いします」

なんとか言葉にして、おふくろさんの前で頭を下げると、おふくろさんはまたにっこり微笑み、俺に頷いてくれたのだった。

「なんやの、二人とも泣き虫やねえ」

「ほんま、湿っぽくてかなわんわ」

しっかり二人とも泣いていたにもかかわらず、姉さんたちが場を盛り上げようとでもするかのようにそう声をかけてきた。

「ああ、すっかり茶も冷めてもうたね、淹《い》れなおしてくるわ」

おふくろさんがそう言って立ち上がるのに、おかまいなく、と答え、つられて立ち上がろうとした俺の腕を、さつきさんがいきなり摑《つか》んでまた座らせる。びっくりして彼女の方を振り返ると、さつきさんはにこにこしながら、俺の顔を覗き込んできた。

「私らも『ごろちゃん』呼んでもええかしら？」

「はい??」

いいも悪いも、なんて答えりゃいいんだ、と戸惑う俺に、さつきさんは、

「良平の嫁さんやったら、私たちにも弟になるんやもんねえ」

と美緒さんを振り返る。

「嫁さんなら妹やないの？」

美緒さんは当然のツッコミをしながらも、やはり俺の方へと膝《ひざ》でにじりよってくると、

「こんな可愛い嫁、小姑《こじゅうと》の私らも大歓迎や」

やはり俺の顔を覗き込みながらにっこり笑ってそんなことを言ってきた。

「あの……」

可愛くはないと思うんですが、とぼそぼそという俺の言葉など聞こえないように、姉さんたちはまた好きなことを口々に言い始めた。

「『嫁さん』ゆうたらやっぱり結婚式はあげんとなあ」

「結婚式！　ええなあ。もうどんくらい私、出てへんやろ。友達も皆片付いてしもうとるさかいなあ」

「あんたの友達のことなんか知らんわ。どないする？　教会式、神式、どっちがええやろね」

「そうそう、ごろちゃん、どっちがええ？」

いきなりとんでもない話を振られ、俺は、

「結婚式??」

やるわきゃない、と、ぶんぶんと首を横にふったが、彼女たちは俺に聞いておきながらす

っかり俺を無視しまくった。

「やっぱ教会式も捨てがたいなあ。外人の牧師さんかなんか呼んだりしてな」

「ハワイっちゅうのもええんちゃう？　私、ハワイ行きたいんよ」

「せやねえ、国内やったら男同士はちょっと目立つかもしれんけど、ハワイならなんでもアリかもしれんしね」

『ちょっと』じゃないだろ、というか、ハワイでも充分目立つうえに「アリ」じゃないと思う。

「やっぱウエディングドレスは着んとなあ」

「意外に似合うかもしれへんよ？」

「意外どころか、絶対似合うわ。ごろちゃんこんなに可愛いんやし」

「でも二人して燕尾《えんび》かタキシード、いうんも退廃的でええかもしれんね」

退廃的ってなんだよ、というツッコミを入れるまもなく、二人は、きゃー、と少女のような悲鳴をあげた。

「そうそう、なんやタカラヅカのショーみたいでええなあ」

「燕尾でタンゴなんか踊ったりなあ」

なんで結婚式にタンゴなんだろう——だんだんわけがわからなくなってくる。と、さつきさんが、ああ、と顔を顰めたかと思うと、

「でもなあ、良平がなあ……良平のタキシードゆうたら、なんやキャバレーの呼び込みみたいになるんちゃう？」

と美緒さんに向かってそんなことを言い出した。

「ほんまや。せっかくのタキシードも台無しやわ」

美緒さんもそう頷いているが、充分良平はかっこいいと思う、と俺が主張する隙《すき》もなく、話はどんどんわけのわからないほうに流れ始めた。

「そんなら和装？」

「紋付羽織 袴《はかま》もええねえ」

「ごろちゃん、白無垢《しろむく》も似合いそうやわ」

「披露宴は色内掛けで」

「二人して紋付もアリ？」

「なんや、染之介染太郎みたいやない？」

「そしたら二人で芸するとか」

「良平が肉体労働係やね。どっちやったっけ？　染太郎？」

「染太郎いうたら、こないだ亡くなったお兄さんの方ちがった？」

「『おめでとうございます』……どっちやったかしら。これで私らギャラいっしょ」

「私の結婚式んときは、あん二人呼ぼうゆう話があったんやけどねえ」

「あんた、松崎しげるに『愛のメモリー』歌って貰うとかも言うてへんかった？」

「結局地味な結婚式挙げてもうたわ」

「三メートルのウエディングケーキの何処《どこ》が地味やの」

「さっちゃんかて、和太鼓よんだやないの」

「せやかて一生に一度のことやし」

「一度とは限らないんちゃうの？」

「まー、新婚さんの前で縁起でもない」

なあ、とここでようやく俺の方を向いた二人に、俺はもう脱力しまくってしまって何も言うことが出来なかった。

「あんたら、ええ加減にしなさいよ。田宮さん、呆れとるやないの」

淹れなおした茶を持ってきてくれながら、おふくろさんがそう助け舟を出してくれる。

「あ、おかあさん、ええところに」

「どっちがええと思う？　和装？　洋装？」

「ハワイっちゅう話も出とるんやけど」

いや、出てないし、と慌てて首を横に振る俺を横目に、更に話を盛り上げる娘達に、

「ハワイ、ええなあ」

とおふくろさんまでもが参戦しそうになったそのとき、

「ただいまあ」

玄関先から良平の声が聞こえ、俺は心底ほっとしてしまった。が、女性たちは、

「ああ、ええところに帰ってきたわ」

「良平！　あんた、和装と洋装、どっちがええ？」

と更にパワーアップしたはしゃぎっぷりをみせはじめ、俺はもう何も言えずに呆然《ぼうぜん》とその場に座り込んでしまったのだった。


結局それから三十分くらい皆で話をしたあと——『結婚式』の話題では良平も必要以上にノリノリになってしまい、最後は和装も洋装も両方する上にお色直し三回、場所はリッツカールトンで何故だかゴスペラーズに賛美歌を歌ってもらう、というわけのわからない超豪華挙式になっていた——病院の面会時間になったので、俺と良平は親父《おやじ》さんの入院している病院に見舞いへと向かった。

「結婚式かあ」

夢が広がるわ、とにこにこしている良平の顔に、俺はますます脱力してしまいながら、そういえば、と思い出し、

「お兄さん、なんだって?」

と彼の顔を覗き込んだ。

「ああ、元気やったよ」

良平は一瞬困ったような顔をしたが、やがて笑って俺の背を叩くと、

「夕食には顔出すて。ごろちゃんに宜しく、言うとったわ」

と俺を見返し、にっこりと笑った。

「…………」

俺たちのことを言ったんだろうか——探るように彼を見上げてしまった俺を安心させるように良平は、また俺の背を軽く叩くと、

「いそごか」

と歩調を速めた。良平のお兄さんは一体どんなリアクションをとったのだろう。そしてこれから会いにいく、良平の親父さんは俺を見て一体なんと言うだろう——。

『嫁さん』とは言わないほうがいいんじゃないか、と思いながらちらと良平を見上げると、良平は少し難しい顔をしながらじっと前を見つめていて、彼なりの決意の固さみたいなものを感じてしまった俺の緊張は彼以上に高まっていった。

良平の親父さんの病室は五階、外科の三人部屋だった。手ぶらできてしまったことに今更のように気づいた俺が、花でも買おうか、と言うと、

「病室は花、禁止らしいし」

気にせんかてええよ、と良平は笑って俺の背を押し、行こうか、と病室に向かって歩き始めた。おふくろさんの年を考えると、おやじさんも七十歳は過ぎているんだろうか。一体どんな人物なんだろう、と、緊張と好奇心で胸の鼓動を速めつつ、俺は彼と肩を並べて教えられた病室へと入っていった。

カーテンで仕切られた病室の、一番奥の窓側にいるとおふくろさんが教えてくれたのを思い出しながら、俺たちは部屋の奥へと向かった。

「おやじ?」

締められたカーテンの隙間から、良平が中を覗き込んで声をかける背中を見ながら、俺は逸《はや》る胸の鼓動を抑え、なんと挨拶しようかと一生懸命考えていた。

「おう、良平か」

どうやら親父さんは起きていたらしい。シャッとカーテンを開いて良平はちらと俺を振り返り、行くよ、と微笑んだあとベッドの横、半身を起こした親父さんの傍《かたわ》らへと歩み寄っていった。

「元気やったか」

良平に向って笑いかけてきた親父さんは、白髪交じりの頭を五分刈くらいに短く刈り込んだ、威勢の良さげな老人だった。凛々《りり》しい太い眉といい、笑いに細められてはいるがくっきりした目といい、昔はさぞもてただろうと思われるいい顔立ちをしている。かつてはガタイがよかったことを窺わせたが、今は病気のため酷《ひど》く痩《や》せており、丁度点滴をしていたために寝巻きから覗いていた腕が驚くほど細いことに俺はどきりとしてしまった。

「元気元気。親父も元気そうやないか」

良平の声に不自然なところはない。が、微《かす》かに彼の背中がびくりと動いたのは、やはり親父さんの酷い痩せ方を目《ま》の当たりにしたためかもしれない。

「もう、退屈であかんわ。骨休めは三日もあれば充分や」

「そない言わんと……今まで身を粉にして働いてきたんやから」

「よう言うわ。お前の方はどないや？」

「まあ、ぼちぼち。おかげさんで忙しくしとるわ」

久々に会ったらしい親子の会話が続くのを、俺は良平の後ろで俯きながら聞いていたのだったが、

「なんや、わざわざ見舞いになんぞこんでもよかったのに」

親父さんが笑いながら、ひょい、と俺の方を見やって、こちらさんは？　と良平に目で問い掛けたのに気づいて、慌てて顔を上げたあと、ぺこりと頭を下げた。

「ああ、紹介するわ。俺の嫁さん」

「嫁さん？」

親父さんが目を丸くして俺を見る。俺もぎょっとして、

「おいっ」

と思わず良平の腕を摑んでしまったのだったが、良平は涼しい顔をして、

「いっぺん、紹介せなあかん思うてたんよ。田宮吾郎、ごろちゃんや」

と俺の腕を外させると、ほら、というように俺の背にその手を回し、親父さんの方へと押し出した。

「田宮……吾郎さん？」

「は、はじめまして」

ほかになんと言ったらいいかわからない。そう言って頭を下げると、親父さんは狐《きつね》につままれたような顔をしながら、

「嫁さん……？」

俺と良平をかわるがわるに見、そう問い掛けてきた。

「そ」

「男に見えるで？」

「男やもん」

「男の嫁さん⁇」

良平の親父さんの大声が室内に響き渡り、なにごとかと隣のベッドの患者さんがシャッと

境のカーテンをあけて顔を覗かせる。と、そのときいきなり良平の親父さんが胸の辺りを押さえたかと思うと、がっくりと頭を落としたものだから、俺たちは慌てて、

「親父っ」

「あのっ」

彼の方へと駆け寄り、身体を支えた。

「あかん、看護師さんを」

慌てて良平が親父さんの顔を覗き込む横で、俺はナースコールを見つけて思い切りボタンを押した。

『どうしましたあ？』

呑気《のんき》そうな看護師さんの声に、

「すみませんっ！　すぐきてくださいっ」

と叫びながら、俺は、うう、と蹲《うずくま》る親父さんと心配そうにその背をさする良平を途方に暮れて見やっていた。

「ああ、ほんまびっくりしたわ」

一気に血圧が上がったのがよくなかったらしいが、看護師さんが来るとすぐに親父さんは落ち着きを取り戻し、やれやれ、といったように良平のことを睨んだ。

「ほんま、親を殺す気か」

驚かしよって、と言う親父さんに「かんにん」と良平は大人しく頭を下げたが、すぐに顔を上げると、真剣な眼差しを親父さんに向けた。

「でもな……ほんまなんやで」

「ほんまて……」

親父さんは呆れたような顔をして良平を見返したあと、やがて俺へと視線を向けてくる。

「……よめ？」

「ああまた倒れんといてな」

慌てる良平をちらと見やったあと、親父さんはまじまじと俺を見つめながら、

「……ほんまですか？」

と真摯な口調でそう尋ねてきた。

「…………」

どうしたらいいんだろう。そうです、と答えるべきか、そうじゃないと答えるべきか――正確に言えば『嫁』ではないから、いいえ、と答えるべきなんだろうが――もし、『はい』と答えなどしてしまえば、また親父さんはショックのあまり倒れるかもしれない。が、『い

いえ』と答えれば、なんでそないな嘘をついたんや、という話になろうし、ああ、一体どうすればいいんだ、と半分パニックに陥った俺が黙りこんでしまった横で、良平が静かに口を開いた。

「『嫁』は僕が言うとるだけやけど、僕が誰より大事に思っとる人なんや」

「…………」

俺は思わず傍らの良平を見てしまった。良平はそんな俺にちょっと照れたような笑みを向けたあと、また親父さんの方へと向き直り、やはり静かな口調でこう続けた。

「……驚かせたんは申し訳ない思うわ。でもな、嘘はつきたくなかったんよ」

「……ほんま、驚いたでえ」

はあ、と親父さんは大きく溜め息をつくと、良平と俺をかわるがわるに見やった。いたたまれなさから俯く俺の背を支えるように、良平の力強い腕が回される。親父さんはそんな良平の動きを無言で見詰めていたが、やがてまた大きく溜め息をつくと、

「……嫁か……」

と呟きながらぽりぽりと頭をかいた。そのとき、先ほど介抱してくれた看護師がまた血圧を測りにやってきて、会話は中断された。血圧は大分下がったらしい。よかったですね、と看護師が笑って去ったあと、まるで何ごともなかったかのように親父さんは良平に、

「最近はどないや。忙しいんか？」

と聞いてきた。

「まあ、貧乏ヒマナシやね」

「阿呆《あほう》、公務員の高い給料貰《もろ》うといて何言うか」

あはは、と笑ったあと、親父さんは俺の方を向き直り、笑いながら話し掛けてきた。

「田宮さんは、お仕事なにされとるんですか？」

「か、会社に勤めてます」

いきなり話を振られ、俺は驚いて少しどもってしまった。

「へえ、どんな？」

問われたので社名を答えると、多分知らなかったんだろう、親父さんは笑って頷いたあと、

「そうでっか。サラリーマンでっか」

としみじみ言って俺を見た。

「はい……」

親父さんの視線にマイナスの感情は見られなかった。そのことにほっとしつつも、俺はどんな顔をして彼と対面していればいいのか、と目を合わせながらも戸惑いを感じずにはいられなかった。

「こんな不景気な時期や。会社も忙しいんちゃいますか？　ほんま、わざわざ見舞いにきていただいて、申し訳ありませんでしたなあ」

親父さんはふっと目を細めて笑うと、俺をねぎらうような言葉をかけてきたものだから、俺は恐縮してしまい、「そんな……」と言葉に詰まった。

「僕が一緒に来ててお願いしたんよ」

横から良平がそう言うのに、親父さんは、そうか、と笑顔を向けながらも、

「刑事ゆうたら親の死に目にもあえへん職業や言うやろが。無理して来んでもええで？　ひとさまに迷惑かけとるんちゃうやろな」

と良平を軽く睨んだ。

「かけてへんよ」

「ほんまか？」

親父さんの追及を、ああ、と煩《うるさ》そうにかわしながら良平は、口を尖らせてみせる。

「なんや、珍しく親父が入院したゆうからせっかく見舞いに来たのに、『来んでええ』はないやないか」

「無理せんでええ、言うとるだけやないか」

親父さんはそう笑ったあと、なんでもないことのように、

「ほんま、俺があかんようになったときも、無理して来んでもええで」

と良平を真っ直ぐに見つめた。背中に回った良平の手がびくりと動いたような気がする。

が、良平は顔色を変えず、

「何、縁起でもないこと言い出しよって。年寄りの悪いクセやな。なにが『あかんようになったら』や」

そういうことを言う年寄りほど、『世に憚《はばか》る』んや、と憎まれ口を叩いてみせたのだったが、親父さんはそんな良平に向かって、なんともいえない微笑を見せ、口を開いた。

「ほんまお前は刑事とは思えんな」

「え？」

良平の頬が一瞬ぴくりと動いた。

「思うたことが全部顔に出る。もうええ年なんやから、少しは腹芸ゆうもんを覚えたほうがええで」

親父さんはそう言って、なあ、と俺の方へと笑いかけてきた。

「……なんや……」

何言うとるんか、わからへんわ、と良平は尚も笑おうとしたが、親父さんは、

「もうええて」

と苦笑するように笑ったあと、良平を真っ直ぐに見据えた。

「わかっとるわ。癌なんやろ？」

「……え……」

良平の顔色は今度こそ傍目《はため》にもはっきりわかるように変わった。

「ほら、そこで『ちゃう』言えるようにならんと、ホシは落とせへんで」

あはは、と親父さんは笑ったあと、言葉を失ってしまった良平と、俺に向かって話し始めた。

「急に入院や、手術や、言うて腹開かれた思うたら、手術時間は三十分やで？　もう手遅れやいうんがミエミエやないか。何より自分の身体のことや。どんくらいもつかくらいは流石にわかるわ」

「親父……」

良平はなんともいえない顔をして、親父さんの言葉を遮った。

「ええから」

親父さんはそんな良平に、慈しみ溢れた眼差しを向け、微笑んだ。

「何も言わんでええて」

「親父……」

「しかしお前が嫁さん連れてくることまでは、流石のワシも思いつかんかったわ」

な、と俺を見て親父さんが笑う。

「え……？」

一体親父さんはなんと言ったのか、俺は思わず彼の顔を見やってしまった。

「……よろしゅう頼むわ」

親父さんはそう微笑むと、

「え……」

と再び言葉を失った俺に、しみじみとした口調で続けた。

「ほんまなあ、末っ子やからか、いつまでも頼りのうて困る思うとったんやけど、ちゃんとこうして『嫁さん』連れて来られるまでになったんやなあ思うたら、なんや感慨深いわ」

「あの……」

嫁さんって——嫁さんって、俺のことを言ってくれてるのだろうか。

思わず良平を見上げたとき、彼の目が真っ赤になっていることに気づき、俺はますます言葉を失いまた視線を親父さんへと戻した。

「なんやお前、ええ年して……泣く奴があるか」

親父さんも気づいたんだろう、豪快にそう笑い飛ばしたあと、また俺の方へと視線を向けると、その場で深々と頭を下げてきた。

「こないな奴ですけど、ほんま、これからも支えてやってください」

「そんなっ」

俺は思わず親父さんの方へと駆け寄り、その細い肩を摑んでしまった。驚いたように顔を上げた親父さんと、

「ごろちゃん」

やはり驚いたように呼びかける良平の声を背中で聞きながら、俺は少しも考えをまとめる余裕もなく話し始めていた。

「いつも支えて貰ってるのは俺の方なんです。良平がいなかったら、俺はもう、どうしようもないと……それこそ生きていかれないと思うんです。世間的には誇れるような関係じゃないということは勿論《もちろん》わかってはいるんですが、それでも俺は、俺は良平のことが……」

「ごろちゃん」

良平が後ろから俺の肩を抱く。その腕の力強さに支えられ、俺は勇気をもって自分の胸の内を告白し続けることが出来た。

「俺にとって良平は……本当に大切な人なんです」

「ごろちゃん……」

俺の肩を摑む良平の腕に力がこもる。そんな俺たちの姿を親父さんは啞然《あぜん》として見ていたが、やがて、にこ、と白い歯を見せて微笑むと、良平を見上げた。

「……なんや……ほんまええ嫁さんやないか」

「当たり前やろ」

背中で聞く良平の声が掠《かす》れている。普段にない彼の声音《こわね》が気になりちらと顔を見上げた俺の目に良平の頰に残る涙の痕《あと》が映り、俺まで泣きそうになってしまった。

「さよか」

あはは、と豪快に笑いながら、親父さんは俺の肩を、そして良平の肩を力強く叩いてくれた。その手のか細さに益々俺の胸には込み上げるものがあったのだけど、必死で俺はそれを堪え、親父さんと一緒に笑い続けた。

「ああ、なんやウチに帰りとうなってしもたわ」

笑いながら親父さんが、しみじみとそんなことを言い始める。

「ウチに？」

良平が問い返すのに、ああ、と親父さんは笑うと、

「やっぱりウチが一番や。かあさんのメシも懐かしいわ。お前らが小さい頃、大人数で卓袱《ちゃぶ》台《だい》囲んでメシ食うた、あの頃の夢をよう見るんや。またみんなで……お前や、さつきや美緒や、康嗣や、孫達も一緒に集まって、わいわい騒ぎながら食卓を囲めたら、ほんまに楽しいやろうなあ」

何処か遠い目をしているのは、まだ良平が幼い頃を思い出しているのかもしれない。親父さんは本当に幸せそうな顔をしてそう笑うと、俺へと視線を戻し、

「そんときには田宮さん、あんたも一緒やで」

な、と破顔しながらそう言ってくれた。

「………」

はい、と答えたかったのに、言葉が出てこなかった。込み上げる涙に耐えられず、俺は思

わず両手に顔を埋めてしまいながら、それでも大きく頷いてみせた。

「ごろちゃん……」

傍らの良平の声も酷く掠れている。

「……ええ年してなんや。田宮さんもみっともないで」

豪快に笑う親父さんの声に、ますます止まらなくなってしまった涙を持て余し、俺は両手に顔を埋めたまま、何度も何度も親父さんに向かって頷いてみせた。俺の脳裏に、先ほど会ったばかりの良平のおふくろさんやさつきさん、美緒さんと、そしてこの親父さんが、一つテーブルにつきながら、幸せそうに笑いあっている画《え》が浮かぶ。

その中に、良平と自分の姿を思い浮かべることを許してくれた親父さんに、俺は言葉に出来ない嬉しさと感謝の思いを抱き、同時に間もなく彼の命が終《つい》えることに堪えきれない悲しみと切なさを覚え、いつまでも泣き続けてしまったのだった。


「………親父、喜んどったなあ」

病院からの帰り道、肩を並べて歩きながら、良平がぽつりと呟き俺の背に腕を回してきた。

「……うん」

別れ際握った彼の細い手を思い出し、俺はまた涙が込み上げてきてしまいそうになりながら、小さくそう頷いた。

「……さすがは親父や。病気のこと、気づいてないわけない、思うとったけど、やっぱり気づいとったんやなあ」

しみじみという良平に、俺はまた、

「うん」

と小さく頷くことしか出来なかった。

「……また来ような」

良平が俺の背をぎゅっと抱き締め、囁いてくる。

「うん」

今度は力強く頷きながら、俺は良平を見上げ、

「行こうな」

と言葉を繋《つな》いだ。

「ありがとう」

良平はにっこりと俺に微笑みかけると、また前へと視線を戻し、独り言のように呟いた。

「いよいよってことになったら……ウチに戻してあげられるやろか」

「良平……」

軽々しい慰めの言葉は、かえって失礼なような気がして、俺は彼の背に片手を回すと、上着の背をぎゅっと握り締めた。

「…………戻してやりたいなあ」

良平の声が震えていた。

「うん……」

頷く俺の声も震えている。

「……戻してあげよう」

なんとかそう言葉にして良平を見上げたとき、尽きたはずの涙が俺の頬を零れ落ちた。

「……せやね」

良平も泣き笑いのような顔をして俺を見下ろすと、

「かえろか」

と俺の背を力強く叩き、歩きはじめた。


その日、良平の家で夕食をご馳走《ちそう》になったのだが、予想通り姉二人が喋り倒すという賑《にぎ》やかな食卓になった。

初対面の良平のお兄さんは、いかにも実業家、といった外見をしていた。引き攣りながらも笑顔で俺に握手を求めてくれたのは大人の証拠なのだろう。最後まで俺の目は見てくれなかったが、普通の人のリアクションはこういうものだと思う。お姉さんたちやご両親に温かく迎えられたこと自体が特別なのだ、と俺は自分を納得させ、心の中で良平の兄に気を遣わせて申し訳なかったと頭を下げた。

会話はなかなか途切れる気配を見せず、夕食、といいながら俺たちは四時間以上席につきっぱなしだった。午後十時を回る頃になっておふくろさんが娘達に、

「あんたら、ええ加減にせんと電車なくなるで？」

と促し、ようやくお開きを迎えることになった。

「ああ、もう泊まりたいわ」

やれやれ、と溜め息をつきながらさつきさんが立ち上がったとき、俺は思いもかけない名前を聞いて、思わず飲んでいた茶を取り落としそうになってしまった。

「かおるちゃんが首長《なご》うして待っとるよ」

おふくろさんは今、確かに『かおるちゃん』と言った。

『かおる』――良平が寝言で呼んだその名は――。

「かおるちゃん、大きくなったんやないの？」

美緒さんもよいしょ、と立ち上がりながらまたその名を口にした。いくつなんだろう、と

耳を澄ませた俺には全く気づかぬようにさつきさんと美緒さんは、

「もう中学三年。来年受験や」

「エスカレーターやろ？」

「まあな」

と二人して会話を続けている。

中学三年といったら、十五歳――それにしても酔っぱらった良平がベッドの中で名を呼んだのは、姪《めい》にあたるこの『かおるちゃん』のことなのだろうか――？

「かおるちゃんかあ、暫《しばら》く会《お》うてへんなあ」

と、良平も会話に加わり、暫く会ってないのか、などと俺はその言葉のいちいちを心の中で反芻《はんすう》してしまっていた。

「あ、せや。かおるのお墓参り、していこうっと」

いきなりさつきさんはそう大声を出すと、酔っ払っているのかふらふらと縁先の方へと歩きはじめた。

お墓参り――？『かおるちゃん』は亡くなっているのか――？

いや、さっき中学三年と言ったじゃないか、と俺は混乱しながら、彼らの姿をきょろきょろ見渡した。

「そういやかおるちゃんがここに近寄らんのは、あのお墓のせいちゃうの？」

私もお墓参りしようっと、と言いながら美緒さんもさつきさんの後を追う。思わず俺もその後に続いてしまったのだったが、次に聞こえてきた美緒さんの言葉には俺はもう、驚いたというかなんというか——言葉を失ってしまったのだった。

「誰かて、自分の名前が犬と一緒やったって知ったら、ショックやと思うよ？」

犬——犬？

「仕方ないやないのー。名前の出所は一緒なんやから」

バツの悪そうな顔をして、さつきさんはそう美緒さんを振り返ったが、俺が絶句しているのに気づいて、「なに？」と問い掛けてきた。

「い、犬??」

思わずそう問い返した俺に、さつきさんは、ああ、と笑うと、

「昔、まだ良平が幼稚園の頃にな、黒柴の子犬をどっからか拾ってきたんよ。飼えへんっちゅうのにもう、あん子が頑張ってな。全部自分で世話するなら飼ってもよろし、ってようやくおかあさんに許可貰うて、ほんまに可愛がっとったんよ。結構長生きしたよなあ？　中学卒業するくらいまで、生きとったもんな」

と良平を振り返った。良平は、頷きながら、

「ほんまに可愛いかったんやでえ」

と俺に笑顔を向けたのだけど、その犬が——？

かおる――？

「やっぱり名付け親がよかったんちゃうの」

あはは、と笑うさつきさんを良平はじろりと睨むと、

「僕が必死でおかあちゃん説得しとる間に、勝手に名前つけよったんやで？」

そう言い、口を尖らせ俺を見た。

「そうそう、さっちゃんが好きやったジェンヌの名前やったよね。知らないうちに『かおる』呼んだら尻尾《しっぽ》振っとるの見て、良平が火のついたように怒ったんやったねえ」

けらけらと美緒さんが笑うのを、

「フツーせんやろ」

と良平の怒声が遮る。

「じぇんぬ？」

「そ、タカラジェンヌ。まだ研いくつやったかなあ……さすが私の目は確かで、長じて星組のトップにもなったんよ」

呆然としながらも問い返した俺に、自慢げにさつきさんはそう言うと、

「ええやないの、自分の子にもつけたい思うような思い入れのある名前やったんやから。『かおる』て、ええ名前や思わへん？」

と逆に俺の顔を覗き込んできた。

かおる――。

「いい……名前だと思います」

犬の名前だったのか、と安堵《あんど》のあまり俺は思わずさつきさんに迎合するようなことを言ってしまったのだったが、次の瞬間、一体今までの俺の逡巡《しゅんじゅん》はなんだったのだろう、と脱力してしまった。

「……僕も墓参りしとこ」

良平がガラガラと縁先の窓を開け、庭へと降りてゆく。俺もあとに続いて、そこにあったサンダルをつっかけると、庭の片隅に座り込んでいる良平の後ろに立った。

「親父の病気のことでおふくろから電話あった日に、子供の頃の夢を見たんよ……」

俺の気配を察したんだろう、ぽつぽつとそう語りはじめた良平の前には、古い木の墓標がある。暗くて見えないがこれがきっと『かおる』の墓なんだろう。

「……きっと子供の頃……泣きたいようなことがあるとかおるを抱き締めとったからかなあ……ほんまにええ年して、恥ずかしいわ」

くす, と笑いながら良平は墓標の前で手を合わせ、そのまま暫く動かなかった。俺も彼の後ろで「かおる」の墓標に両手を合わせる。

やっとみつけた『かおる』――幼い良平を慰めつづけてくれたという彼――彼女か？――

に、温かな想いと、少しのジェラシーを感じながら、俺は心の中でその「かおる」に呼びかけた。

良平に泣きたいようなことがあったとき、傍で抱き締めてあげるのはこれからは俺の役目なんだと。

犬に対抗してどうする——我にかえって俺は思わず首を竦めたが、振り返った良平に「なに？」と問われたときには、「いや」と無言で首を横に振った。

「どないしたん」

良平はそう囁くと俺の背に腕を回して抱き寄せようとしたのだったが、

「ちょっとぉ、サンダル二つしかないんやから」

私にも墓参り、させてや、と、かおるの名付け親、さつきさんが庭にいる僕たちに向かって大きな声で叫んでいる。

「ほんまもう」

ええ加減にして欲しいわ、と良平は溜め息をつくと「はいはいはい」とうるさそうに返事をし、俺の背に回した手に力をこめながら、

「戻ろか」

と微笑みかけてきた。

「うん」

頷きながら、俺は『かおる』の墓を振り返る。

肩越しに見た、彼岸《ひがん》と此岸《しがん》を分かつ象徴である墓標の存在が、半年後に訪れるであろう悲しみを俺に思い起こさせた。

何があろうと——俺は良平の傍にいるから。

こうして手を握り、身体《からだ》を支え、彼の感じる悲しみも切なさも慟哭《どうこく》も何もかもを俺はこの手で受け止め、ふりかかるあらゆる出来事を彼とともに受け入れていきたいと——。

背中に回された良平の手に俺は自分の手を重ね、そのままぎゅっと握り締めた。

「ごろちゃん」

気づいた良平が俺の背から手を退け、まっすぐに俺へと伸ばしてくる。その手をますます強い力で握りながら、無言で微笑みかけてくる彼に、俺も無言で小さく、でも力強く頷いてみせたのだった。


それから何度か、俺は良平と一緒に堺の実家を親父さんの見舞いのために訪れた。

三ケ月後、良平の親父さんは望みどおりに彼の愛した自宅で、愛する家族に囲まれながら静かに息を引き取った。

俺も良平と共に親父さんを看取ることが出来たのだったが、その最期は親父さんの病気からは信じられないような、苦しみのない、本当に安らかなものだった。

✦初出　罪な告白……………………………書き下ろし
温泉に行こう！……………………書き下ろし
温泉に行こう！（漫画）………描き下ろし
愛惜…………………………………個人サイト掲載作品（2002年11月）

愁堂れな先生、陸裕千景子先生へのお便り、本作品に関するご意見、ご感想などは
〒151-0051 東京都渋谷区千駄ヶ谷 4-9-7
幻冬舎コミックス　ルチル文庫「罪な告白」係まで。

幻冬舎ルチル文庫

罪な告白

2007年7月20日　第1刷発行
2011年4月20日　第2刷発行

✦著者　愁堂れな　しゅうどう れな

✦発行人　伊藤嘉彦

✦発行元　株式会社 幻冬舎コミックス
〒151-0051 東京都渋谷区千駄ヶ谷 4-9-7
電話 03(5411)6431[編集]

✦発売元　株式会社 幻冬舎
〒151-0051 東京都渋谷区千駄ヶ谷 4-9-7
電話 03(5411)6222[営業]
振替 00120-8-767643

✦印刷・製本所　中央精版印刷株式会社

✦検印廃止

ISBN978-4-344-81049-5　C0193　Printed in Japan